JN022513

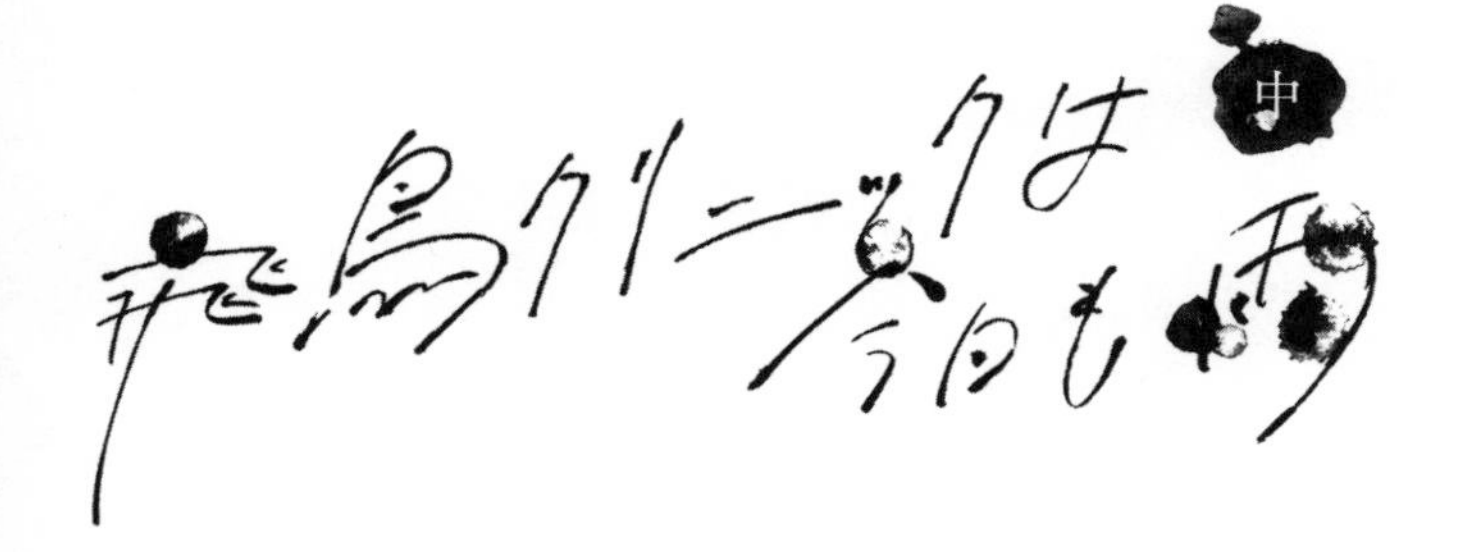

乙 李

この物語はフィクションです。
登場人物、団体等はすべて架空のものです。

「リーくんはバレンタインデーにはどんなチョコほしい？」

不器用で女の扱いもうまくねえこの俺に、そんなこと言ってたあいつが死んじまってから、もう何年経つかな。

あの日は朝まで歌舞伎町で安酒飲み散らかしてよ、いくらか気分が悪くなっちまった俺は、ツレと別れて職安通りを千鳥足で歩いてたんだ。

そう、まだ今みてえに垢抜けてない分厚い携帯を片手に、酔った勢いで気に入らねえ野郎に片っ端から電話をしては、怒鳴り散らしながら歩いてた。

当時はデイリーヤマザキのビルにちっぽけな裏スロ屋が入ってたんだ。そこらへんを朝方通りかかると、よく知った顔に会ったもんだよ。

その日もそうだった。いい年こいて飛ばしの電話と口座の売買で生計を立ててやがる通称・木村のオッサンって野郎が声をかけてきたんだ。

「リーくん、ちょっとちょっと」

よく見ると女も連れてやがる。髪の毛に白いものも交じり始めた木村のオッサンとじゃあ、親子ほども違うガキに見えた。

だが、そんなのはこの街じゃあよく見る光景で、珍しくもねえ。あの当時、チンピラや襟足の長いホストが家出のガキ連れて裏スロやインカジに入り浸ってるのなんて、しょっちゅう見かけたもんだぜ。

「オッサンどうしたよ。板なら間に合ってるぜ？」

当時は、木村のオッサンから安く仕入れた地銀の板を知らねえ闇金業者にネットの掲示板経由で売って、やつらが淩いだ金が口座に貯まったところでネットバンクからごっそり抜くっていう、しょうもねえシノギで食っていた俺は、オッサンに笑いながらそう言ったんだ。

「違う違う、ショーバイの話なんかじゃなくてさ。リーくんさ、ひとり暮らしだったろ？　この子を泊めてあげてくれないかな？」

頭に蛆でも湧いちまってんじゃねえかな、と思ったよ。マクドナルドで「店内にしますか？　テイクアウトにしますか？」って聞かれる空気感で、オッサンは言ってきやがったんだ。

「ああ？　オッサン、援デリでも始めたんかよ？」

当時はパパ活みてえな洒落た言葉もなくて、ゼニで人に抱かれるような女は普通にウリって言ってたな。援助交際ってやつだ。

ウリやってる女を束ねて斡旋する業者が援デリってやつで、携帯ひとつで始められるシノギだから、そこらへんの兄ちゃんから木村のオッサンみてえなのまで、いろんなやつらが援デリの元締めをやってた時代だった。

だが、話を聞くとどうも違うらしい。ツレの姉ちゃんは囲われてた不良から逃げてきたところを木村のオッサンが保護したって話だったが、結局どこで知り合ったんだってなると、「出会い系の掲示板だ」なんて言うんだから。笑っちまうだろ？

女は片っ端から男に「助けてください」ってメッセージを送ったらしく、それがオッサンの目に留まったってわけだ。下心に火が点いたのだろう。うまく囲っていい目をみようって魂胆で、オッサンはノコノコと会いに行ったんじゃねえかな。

ところが指には年少リング、手首にリスカ。

どうにもやばい雰囲気のその女をオッサンもすぐに厄ネタだって気づいたはずだが、根っこのところで人がいいもんだからよ。行くところがねえ女を渋々連れてたって話だった。

「で、話はわかったけど。オッサン今日どうだったんだよ？」

左手の握りこぶしでレバーを叩く仕草を見せ、博打のほうに話を振ってみた。

当時の俺はまだ二十歳そこそこで、大したシノギも持っていなけりゃあ、宵越しのゼニなんざ持たねえのが格好いいと思っている、チンピラみてえなもんでさ。厄ネタ引き取るフリしてオッサンからゼニ巻き上げちまおうと思ったんだ。

「それがさ、もうずっと天国ループなのよ。壊れたみたいに連チャンしたから、あれは設定6じゃあないね。もう何匹蝶々飛ばしたか、わからないよ。そしたら横の北斗に座ってた佐野さんがアツくなっちゃってさ、どうなったと思う？　佐野さんさ、あのエステの韓国人いるだろ？　キッタナイ。あのオバちゃんにさ……」

「わかったわかった。で、いくら勝ったんだよ？」

興奮気味に語る木村のオッサンを遮るように聞くと、30万ほど勝ったらしい。1枚40円だから8000枚弱出したことになる。

「あのクソ店でよくそんな出したな、やるじゃん。じゃあ半分もらおうか。それでこのガキ、面倒見てやるよ。安心しろって、ゼニだけもらってそこらへんに捨てたりはしねえから」

俺がそう言うと、オッサンは渋々15万を握らせてくれた。諭吉が逃げねえようになんつって、わざわざ下に向きを揃えて財布にしまってたズクが1個と、クシャクシャの万券が5枚。これでこのガキ捨てちまえば、帰りがけの駄賃にしては上等だ。そんなことを考えながら、女とは会話も交わさずにオッサンを見送ったんだ。

勝負は早いほうがいいし、何より酒を飲みすぎて具合も良くない。早く家に帰って寝たかった俺は、さっそく女にこう切り出した。

「姉ちゃん、ギリギリ18は超えてんだろ？　このゼニ半分やるからよ、それで漫画喫茶かなんか行っちまえよ。ベッドもついててIDチェックされねえとこだってある。俺が連れてってやるから。もし18未満でも大丈夫だぜ？」

女は俺をじっと見つめるだけで首を縦にも横にも振らねえ。それどころか、話かけてるのにしゃべりもしねえ。

木村のオッサンが俺にゼニ払ってまでこいつを放り出したのもわかる気がした。空気がどんよりして重いし、なんだかこっちまで気が滅入るような感覚がしたんだ。あいつの第一印象っていったら、それが本音になっちまうのかな。

「じゃあそういうことだからな？　俺は行くぜ？」

そう言いながら、俺はクシャクシャの5万円を女が着ていた白いテカテカしたファー付きダウンのポケットに入れて帰ろうとしたんだ。

ダウンは当時流行ってたようなカタチだが、よく見ると女はカバンも持ってねえってことにその時、初めて気づいた。

ポケットから手を出した俺が、面倒になる前にフケちまおうとしてガード下方面に歩き出したところで、後ろで声がした。

「わたしガキじゃない。21だよ。それにネカフェなんて行きたくない、ムリ。絶対にイヤだ」

初めて聞いたあいつの声は、今でもよく覚えてるぜ。

その時の、朝の職安通りの奇妙な静けさとゴミ収集車のアイドリング音、反対車線の酔っ払いの声までも、今でも不思議なくらい鮮明に覚えているんだ。

「なんだ、2個下かよ?」

そう言った俺の目の前を、丸々太ったドブネズミが走り抜けて、デイリーヤマザキの裏路地へと消えていった。

＊

「そんなこと言ったってどうしようもないぜ？　女なんか家に泊めねえもん、俺」

漫画喫茶やネカフェには行きたくないと駄々をこねる女を、シャットアウトするように俺は言った。

15万と引き換えに木村のオッサンから面倒見ることを約束した、自称・21歳の女。見てくれは決して悪くない。

華奢な体にフィットしたデニムにムートンブーツを合わせ、気怠そうにダウンジャケットを羽織っている。顔はヤミ金屋御用達キャバクラだった区役所通りの人気店でヘルプにつきそうな雰囲気、って言えばいいのかな。

悪くない。悪くはないんだが、どうにも幸が薄そうなのと、トラブルを持ってきそうな厄ネタ感が満載だったんだ。

寂しがり屋のメンヘラ女に、パーソナルスペースってやつを侵されたくなかった俺は、踵(きびす)を返してその場から立ち去ろうとした。

ところが、明らかに歓迎していないムードを醸し出しているというのに女は俺の腕を掴んで、聞いてもいねえ身の上話を始めた。

よくよく話を聞くと、どうやら女には女の理屈があるようだった。

「探されちゃってるから、私。都内のネカフェだとすぐ見つかっちゃうんだよ。だからイヤなの。こないだもそれで大変だったし」

元号が変わった今でも魚のマークの漫喫トラック走らせてやがる、なんたら実業の会長っていうのがいてよ。女が言うには、そいつ関連の不良の財布をパクっちまったらしい。自業自得ってやつだよな。

飲み屋で知り合ったその不良の財布から、いくらかの小銭を抜いて逃げたはいいが、行くところがねえ。それでネカフェに転がり込んだらテンバレして捕まって、東中野のタコ部屋に連れてかれたって話だった。援デリの箱だった。

「それが昨日の話。ひとまずは『生理だから』ってかわしたんだけど、もういい加減ウリの客取らされそうで怖くて。カバン置きっぱなしにして逃げてきたの。これが、私がネカフェに行きたくない理由」

やけっぱちに語る女だったが、所詮はまだ21だろ？

その不良とやらに、

「東京都内のネカフェや漫喫は自分の息がかかっている。カメラも見れるし、逃げようなんて思うなよ？」

こんなカマシを入れられちまったのを、真に受けただけかも知れねえけどな。

とはいっても、当時はまだ俺も小僧だろ？　その話を斜めに聞けるほどの経験もなかったし、こう聞いたんだ。

そう畳みかけると、また黙り込んじまった。話にならねえって感じだった。

「よくわからねえけど、じゃあ姉ちゃんが10万、俺が5万でいいや。オッサンの金、分けてさ、それで地方でも行ってみたらいいいんじゃねえの？」

ってな。

「東京フケちまえばいいじゃん」

なんだかもう可笑しくなっちまってよ、気づいたらあいつに名前を聞いてたんだ。

「美香。ちょっと人見知りで、それでうまく話せてなかったらごめんなさい」

片方の口角だけがやけに上がった作り笑顔であいつはそう言ったんだ。


美香。当時は2個下だった美香。今はもうひと回り以上も下かよ。

今でも引き出しにしまってある、リチウム電池がパンパンに腫れちまったパナソニックのガラケー。その中にあるあいつの写真を見返すと、あの笑顔の中に隠されたいろんなことを、今の俺だったら見抜けたんじゃねえかな？　そんなことを思っちまうんだ。

美香の説明を要約すると——いや、要約なんかする必要もねえかな。

初台のアパートでひとり暮らしをしていた時に、飼っていたティーカッププードルのなんたらちゃんを散歩中に逃がしちまった。その愛犬をずっと探してる。だから東京から離れられないらしい。

ポン中だろ？　こんなのよ。

俺だってそう思ったし、なにより当時の俺は板やら電話だけじゃなくて、草と粉ものものもいじってたしな。

冷たいのだけは触らねえ、なんて硬派を気取ってはいたが、結局、客なんかカブってくるもんでさ。ポン中を見分けるのは大の得意だったからよ。

だけど、どうにも様子のおかしいその女を、なぜだか面白く感じちまって。気づいたら根負けするように、俺は美香と一緒に帰路についていた。

北新宿の１ＤＫの俺のアパートに着いた時、美香がこう言ったんだ。

「あの、泊めてもらうお礼ってさ、お掃除だけじゃダメかな？」

自分の体に値段を付けられたことがある女じゃねえと出てこねえ台詞だと思った。それくらいはガキの俺でもわかったし、童貞でもねえのに余計な想像して照れ臭くなっちまった俺は、美香から目を逸らしてこう言ったんだ。

「寝るとこはてめえがソファーだからな？」

微妙な空気の中、洋服やら雑誌やらが散乱した部屋に入ると、俺はカビだらけのユニットバスでシャワーを浴びたあとに、珍しくドライヤーを当てた。よく覚えてはいないが、格好をつけたかったのかもしれないな。ジャージを着て出てきた俺に美香がこう言ったのを覚えてる。

「あーあ、いけないんだ。こんなの見つけちゃった。怪しい透明な袋がありますって、お巡りさんに言っちゃおうかな」

ガラステーブルの下の台に無造作に置いていた、小さいマリファナのパケだった。確かパープルクッシュって品種で、仲間にお裾分けでもらって、そのままにしといたパケだ。

「うるせえぞ？　てめえ立場もわからねえで俺にそんなこと言ってると、真面目に出稼ぎにでも売り飛ばすぞ？」

そう言うと、そんなに悪びれない様子で軽く頭を下げながら謝ってきた美香は、バスタオルを借りていいかと少しだけ遠慮がちに俺に聞いて、カビだらけのユニットバスへ入っていった。

美香がシャワーから出てきたあとのことは覚えてない。

目が覚めたら昼の2時か3時になっていて、ソファーに寝かせたはずのあいつは俺のベッドの壁側で寝ていた。

パープルクッシュのパケはいくらか目減りしていて、ガラステーブルの上にはエリミンとマイスリーのシートが大量に散らばっていたんだ。

寝起きのファーストビューってやつは最悪だったけど、ベッドの上で振り返ると、不自然に片方の口角を上げた笑顔のあいつがいた。言葉にならないような寝言が聞こえた気がする。

あれは、2005年の冬。世間ではホリエモンやらオレオレ詐欺が連日テレビのニュースを賑わせ、ディープインパクトが無敗の三冠馬となったこの年に、俺と美香の奇妙な同棲生活が意図せずして始まったんだ。

*

「お前こんなにラムネかじってると、そのうち頭おかしくなっちまうぞ?」

散らばった眠剤のシートを片づけながら、俺はいくらか嫌味に聞こえるような言い方を美香にした。

ラムネなんて言うと可愛く聞こえるかもしれないが、それは俺たちが勝手にそう呼んでいた処方箋ドラッグだったり、当時人気も薄れてきていたエクスタシーの錠剤のことだ。

エリミン、デパス、ロヒプノール、ハルシオン、リタリン。イリーガルなドラッグより安価に手に入るし、それなりに飛ぶからなんて理由で流行ってたけど、こんなものをいじくってた売人は馬鹿にされていた記憶がある。法律の内側にいながら小賢しく小銭を稼ぐそのノリが、ダサく感じたんだよな。

そのくせ、こいつらが脳に与えるダメージは馬鹿にできない。シャブでも食ったように妄想や勘繰りに取り憑かれるやつ。年中無休で疑心暗鬼なやつ。街にはそんなやつらがたくさんいた時代だった。

処方箋ドラッグに依存している連中は底抜けに明るい時もあれば、切れ目になるとひどく落ち込んでみたりと、情緒不安定極まりない。ちょっとしたひと言で傷ついたりするもんだから、扱いにコツみてえなのがあった。

それを俺は知ってたつもりだったんだけど、言い方が気にくわなかったんじゃねえかな。その朝の美香は気怠そうにこう言った。

「私は大丈夫だよ、だって先生が出してくれたぶんしか使わないし。余ったのはお小遣いになるんだから」

　そして追い打ちの台詞。

「それにリーくんだってガンジャもそうだしさ、いろいろ手出すのに人によく注意できるね。援助やってた時にいた、説教してくるハゲ思い出しちゃった。あーあ、サイアク」

　商売道具と嗜好品はまったく違うんだ——みてえな弁解をしようと思ったが、できなかった。新宿の売人は自分でも使っちまうやつが多数派だったし、一流大学を出てるのに売人の真似事始めて首まで浸かって、真冬にタンクトップ1枚で靖国通り歩いてたら職質されて連れてかれた馬鹿もいたしな。まあ、それはまた別の話か。

　ふと俺は名前を呼ばれたことに気がついた。

「あのよ、俺、名前言ったか？」

　へべれけになるまで飲んだ帰りに木村のオッサンと立ち話して、妙な流れで女を家に連れ帰ることになり、気分でも良くなって身の上話をしちまったのか？

　記憶を遡ると、風呂から出たあとはスウィッシャースイートをいつものようにハサミで割いて、パープルクッシュを細く巻いて。確かにそこからの記憶は曖昧だった。

だけど俺は当時、イチゲンの人間に自己紹介する時には、必ず「沢木」もしくは「金田」と名乗るようにしてたのに、どうしてだったんだろう。デコにも他所のチンピラにも目を付けられてた俺が、どう見ても厄ネタの美香に、どうして本名を言ったんだろう。

あの時は「昨日は結構飛んじまったのか」としか思わなかった。けど、今でもあの時期のことが心に引っかかってることを考えると、この時からすでに惹かれるものがあったんだとも思う。

「自分で言ってたじゃん。19xx年生まれのx中学校出身、高校中退のリーくんでしょ」

「いや、絶対そこまで言ってねえぞ？　てめえ、家探しでもカマしてくれたんじゃねえだろうな？」

その日はしばらく押し問答となり、美香は美香で聞いてもねえのに身の上話を並べてきた。

母親は中野のスナックで働いてる男好きで、父親には小4から会ってねえ。家にはパンチのオッサンがいて帰りにくい。一度、ひとり暮らしをして滞納で追い出された家に住民票は置きっぱなし。現金を20万くらい持ってるが、ウィークリーを借りるにも勤め先がない。キャバクラは対人関係が嫌で、風俗は個室が怖いからやりたくない。

結果、ヤラズのぼったくりで携帯カタカタやって、メシだけでいくらかくれるオッサンを引っ掛けてたら、流れで悪い不良に引っ掛かって軟禁状態になった。そんなかんじだったと思う。

美香が怖がってた不良の名前を先輩に照会かけてもらったら、自称ヤクザのチンピラで誰も知らねえようなやつだった。何も知らねえガキ相手にデカく見せてイキがるのなんか、この街じゃよく聞く話だし、特に驚きもしなかったけどな。

「それでどうすんだよ？　お前が働きでもしなきゃあよ。いつまでもここにいられても面倒だぜ？」

突き放した俺に、美香は「お金が貯まったら出ていく」と言った。家事やら掃除やらには自信があるから、寝床だけ貸してくれ。何なら料理もできる。無邪気な顔でそんなことを言ってくる美香に、俺は「シノギは何すんだよ」と聞いたんだ。

「だからさ、私、今これ売ってるの。ネットで」

ラムネのシートをひらひらさせながら、美香はまた無邪気な笑顔を見せた。

「たくさんもらえるように、ずっとクリニック通ってくれる子もいっぱいできたし。みんな家とかないけどね」

俺たちのグループが馬鹿にしてよく小銭取り上げてたチンピラグループと、まったく同じことを美香が主導してやってたという現実に、多少のカルチャーショックみてえなものを受けた。

仕入れは、ＳＮＳや掲示板で集めた新宿の家出女。出口は、ＳＮＳや掲示板で集めた新宿のメンヘラ野郎。金の受け渡しはパスワード式のコインロッカー。

確かにそれなら板を仕入れる必要もねえし、出し子を用意する必要もねえ。女のくせによくやるもんだ、なんて感心しちまった。

「お前の将来計画みてえのはわかったけど、そのせいでこっちまで寒くなるのカンベンだからよ。大口の客は俺が見つけてやるから、まとまった量の赤玉仕入れて来いよ。手っ取り早いだろ？」

俺もいろんな部分で麻痺してたんだろうな。何もしてねえのにデコと目が合ったり、パトカーとすれ違うと、ついつい意識しちまう。コンビニじゃあカメラの位置を気にしちまう。何もしてねえのにな。

そんな俺は、お医者さんがくれる処方箋でもらえるお薬なんて完全に舐めてたし、そいつのおかげで、その後の俺たちがどうなるかなんてことは想像もつかなかった。

「リーくんありがとう。じゃあ私、仕入れあるから行くね。電話するから帰ってきたら絶対鍵開けてよね。居留守使ったらピンポン連打するから」

そう言って出ていく美香を送り出すと、俺はもう一度スウィッシャースイートをいつものようにハサミで割いて、昨夜に比べると空気が入って香りの薄れたパープルクッシュを細く巻いて火を点けた。

久しぶりになんだか楽しい気分になったのは、それが効いたからってわけじゃない。俺はきっとその頃寂しくて、そこにあいつが現れたんだ。

＊

実際のところ、美香の言う「仕入れ」っていうのは至極簡単な話だった。初診でもまとまった量の薬を処方してくれることで有名な、西武新宿駅近くにある飛鳥クリニック。ここにはスーパーデトックスって名前の点滴があって、〝都合が悪いもの〟を体から排出してくれるなんてふれこみで有名だった。眠剤はもらい放題だし薬物も抜いてくれるってんで、勘繰り入ったドラッグ常用者の間では、何かと重宝される病院だったんだよな。

そんな飛鳥クリニックに、知り合いや掲示板で釣った小銭がほしいやつらを大量に送り込んで、処方された薬を買い取る。人気があったのはエリミンやハルシオン、サイレース、デパス、リタリンなんかもあったっけか。そうして仕入れた処方箋薬に手数料を乗っけて、また掲示板で売るって寸法。

文字にしちまえばこんなもん。美香がやってたのは、たったそれだけの簡単なシノギだった。

飛鳥クリニックはガイジンも保険証なしで診療してもらえるし、家出中のガキでもお構いなしに診断書をくれたりもする。この街の住人にはずいぶんと優しく寄り添ってくれて、わりと人気あったんだよな。

てめえの頭じゃいくらも稼ぐことができねえネカフェ暮らしの家出女からしたら、美香の言うとおりにクリニックに行って、もらった薬を渡すだけで日銭を稼げたわけで、今風に言っちまうとＷＩＮ－ＷＩＮってやつだったのかもしれない。

買い手は買い手で、いろんなのがいたんだよ。

いちいち病院なんて行きたくねえけど薬がほしいって連中や、日本で出される処方箋薬が禁止されてたマレーシアに密輸して小銭を稼ぐやつ。それに当時流行ってたサイケのイベント行くのに急遽ネタがほしくなってはみたものの、バツやシャブには手を出せないガキ。本当、いろんなやつがいた。

眠れないわけでもねえし、抗不安薬が必要なほど大きな不安を抱えているのかもわからねえ。それなのに、なんであんな赤い玉をほしがるやつが世の中にはたくさんいたんだろう。

俺は東急ハンズで水耕栽培用のロックウールを選び終わって、会計しに行ったレジで小銭入れの中に入っていたエリミンを見ながらそんなことを考えていた。

エリミンがいいのは、持ち歩いてても全然寒くねえっていうのも大いにあって、それがブームを後押ししたんだろうな。なんつったって国家資格を持ったお医者さんが出してくれるんだからよ。

処方箋ドラッグ関係でパクられた話を聞いたのは、クリニックで出された処方箋をカラーコピーして薬局で繰り返し仕入れをしてた生活保護グループくらいだったと記憶している。

「バンコクに買い手がわんさかいる。エリミン売ってひと儲けするぜ」

そんなことを言って、ハンドキャリーしたまま帰ってこなくなっちまった野郎もいたか。

国内に限定したら副業感覚で触ってるガキも、シノギがなくて仕方なく触ってるオッサンらも、それは堂々としたもんだった。

法律の話をすれば、処方箋薬の無資格転売はアウトのはずで、麻薬及び向精神薬取締法違反ってやつに問われる可能性が実はゼロではない。

だが、売る側も呑気なもんで、イリーガルなネタではそうするようにブラの中にしまったり、下半身にガムテで貼り付けたりなんてしてなかった。

気軽に持ち歩いて、

「はい、シート2500円だよ」

ってなもんだし、なんせ仕入れが10分の1くらいだろ？　数をこなせばそれなりの商いにはなったし、貧乏人ばかりのこの街で流行るのも必然だったんだろうな。

トラブルといえば、たまに自殺未遂する上客のメンタルケアをしてみたり、ツケをなかなか払わない大学生サークルの兄ちゃんを詰めたら、この街じゃどうにもならねえ先輩を出されたりしたくらいで、どうってこともなかった。

ブランデーとコーラを混ぜた霧吹きでカサ増ししたような大麻や、ベーキングパウダーと片栗粉で薄めたコカイン、カルキを混ぜた覚せい剤なんかを捌くよりもリスクは格段に少ない。そんな時代だったんだ。

飛鳥クリニックや近辺のメンタルクリニックを回りまくって、美香に処方箋薬を供給する〝買い子〟といったら、それはひどいものだった。一度、北新宿の俺の自宅近くまで届けに来たのを見たことがあるが、その時の光景は忘れられない。

「なぁ、美香。あいつ、大丈夫か？　右と左で別のサンダル履いてるぞ？」

「大丈夫だよお。あの子、ここから家近いし」

「そういう問題か？　デコの職質とかあんだろ。サンダル、右と左で色もちげえからな、ちなみに」

「大丈夫だって、合法のやつなんだから」

どうやら、この買い子は千秋という名前らしかった。元々は歌舞伎町の有名キャバクラでそれなりに売れていたというが、客にヅケられて人生まっさかさま。小滝橋通りのマンションでシャブをいじくりながら、この処方箋薬転売で日銭を稼いでいるのだという。

「千秋、ああ見えて動かせる子何人も従えてるから、私、楽させてもらってる。リーくん、見て。今日だけでこんなに集まったよ」

テーブルの上に並べられたこの日の水揚げは、確かになかなかの量だ。決して、見ていて気分がよくなる類の光景ではなかったけれども。

処方箋ドラッグ転売は、千秋軍団の活躍もあって、あっという間に軌道に乗った。おかげで俺の狭いマンションのキッチンの引き出しには、1か月もしないうちに10万のズクが無造作に増えていって、気づけば200万くらい貯まっていた。

「もうこれくらいあれば家、借りれるんじゃねえか？」

いつか言おうと思っていたそんな台詞が、美香との奇妙な共同生活の中で言い出せない自分に気がついたのも、その頃だった。

在籍確認屋の知り合いなんて何人もいたし、詐欺師向けの名義代行をやってる後輩もいた。どれだけブラックだろうが部屋を借りるくらい、どうにでもなる状況だったけれど、俺は美香に「金が貯まったんなら出ていけ」と言えなかったんだ。

月曜日の朝にトイレに行くと、マガジンラックにヤングマガジンが置いてあったり、山盛りの灰皿がいつの間にかきれいになっていたり。一緒にレンタルＤＶＤの映画を観ても飛びすぎて内容を忘れちまうから、何度も観返すうちに延滞して、大した金額でもねえのにどっちが払うかで口論になったり。そんな、おままごとみたいな暮らしをしてたんだよ。

「そういえばさ。財布かっぱらって探されてるだの、なんだの。あれ結局、何にもねえな。なんだったんだろう、あの時のお前のビビりっぷりは」

「あれねえ。まあ、いつまでも私に執着なんかしてられないんじゃない？　チンピラはチンピラで忙しい、とか。何かで捕まって今、留置所にいる、とか。はい、その話は気分悪くなるから、終わり」

「終わりって、お前。一応は考えておかなきゃダメだろう、そこらへんは」

「そんなこと言ったって、こっちからできることなんてないじゃん。向こうの本名だってわからないんだし」

なるほどな。まあ、そう言われたらその通りだし、心配事がなくなったんだから出ていけなんて話をするつもりもない。これはこれでいいんだ。

ある日、オークションサイトで美香は、プロジェクターとスクリーンを落札していた。

「おうちで映画館だ。やった」

と、おおはしゃぎ。

「おいおい。こんな狭い部屋にそんなもん置いたって、貧乏人が無理して外車乗ってるみたいで、ダセえだろうが」

そう言いながらも、昼間から組み立てを積極的に手伝っていた。スクリーンを立てるポールは折り畳み式で、使わない時はベッドの下にしまうことにした。正確に言うと、そういうルールを作ったものの、畳むのが面倒になり、いつしか台所の横に置きっぱなしになるだけなのだが。

上映式が始まったのは、昼の2時だか3時だか、それくらい。するとこれがまた、カーテンの丈が足りなくて光が入るもんで、日光に邪魔されてぼやけて映らないんだ。カーテンは前の家から持ってきたやつだったからな。

今すぐ新しいカーテンを買いに行く、と言い出す美香。あと数時間で日が暮れるんだから、それまで待てばいいだろうと言っても、聞く耳を持たねえんだ。

「疲れてるから、ハンズなんて行きたくねえよ」

気怠そうに俺が言うと、美香はむくれて反論してきた。

「だって、ちゃんと映らないのは光のせいじゃなくて、本体のせいかもしれないじゃん。故障してたら、出品者の人に連絡しなくちゃいけないいんだから。せっかくここまでやったんだから、今すぐハンズ、付き合ってよ」

「だからよう。もう暗くなるだろって。それか、ひとりで行って来いよ。ほら、この封筒使っていいから」

いくつかの茶封筒が折り重なっていた机の上を指さす。ナナメ1割で貸していた金を回収したやつと、お得意さんらに頼まれてペケを何十粒ずつ捌いた封筒だ。

「え〜。そんなの絶対、ダメ。リーくん、一応家主なんだから、カーテンの柄は自分で選ぶべきでしょ」

押し問答が続いたあと、どうしても日曜の人混みに行くのが嫌だった俺は、荒業を思いついた。

「わかった、わかった。要は光が入らなきゃいいんだろ?」

おもむろに棚からガムテープを取り出すと、丈の足りないカーテンと床との間をガムテープで目張りしてやったんだ。端から見たら、末期のポン中が住む家の出来上がりだ。

それにしても、ポン中はどうして隙間を塞いでしまうのだろうか。玄関ののぞき穴をガムテープで塞ぐのは、当たり前。火災報知器をバラバラにしたやつもいたな。とにかく、監視されてるって勘繰りがハンパじゃないんだろう。

一番やばかった先輩は、車のルームミラーを取り払っていた。「国家公安委員会が後ろの席からのぞいている」という理由で、だ。


と、まあ、そんなかんじで完全遮光のマイホームシアターの完成だ。俺がガムテープを5枚くらい貼ったところから、美香も諦めてハンズの話はしなくなっていた。

「換気する時、どうするのよお」

とは言っていたが、ベランダの窓があるだろ？　と言ったら「たしかに」と納得していた。面白い女だよな。


さて、上映会。記念すべき1作品目に選んだのは、新宿通りのTSUTAYAで借りてきた、美香がずっと観たかったという「ターミナル」という映画だった。日曜日にガムテープで太陽光を遮断した部屋で、空港に閉じ込められたおじさんの映画を観ているのは、日本、いや世界でも俺たちふたりしかいないだろう。そんなことを思うと、堪えきれなくなり笑ってしまった。

「え？　今、何が面白かったの？」

と聞かれ、答えに詰まる俺。

「いや、だって。この……言葉が伝わらないのに、必死に伝えようとしている姿がなんかウケちゃってさ」

咄嗟にトム・ハンクスのせいにした。悪いな、トム。ルームミラーの先輩を思い出したとも、自分で貼ったガムテープにウケちまったとも、言えないからな。わかってくれよ。

トムが演じるヴィクターがニューヨークへ向かうことを決意した時、目の前の灰皿には3本目のジョイントが燃え尽きていた。美香が巻いた、不格好な細巻き。ただこいつがあってもなくても、かなり面白い映画だった。

映画を観終わって灯りをつけると、美香はまさかの号泣をしていた。

「えっ。お前、いつから泣いてたの？」

「わからない。でも、この部屋、スピーカーにもこだわったら、もっとよくなると思う。絶対に、そう」

「なんだ、お前、感動しながらそんなこと考えていたのか。どっちかにしろよ、そういうのは」

ヴィクターはああだの、こうだの。ＣＡのお姉さんのキャラクターが良すぎるだの。そんなことを話していたら、時計の針は午後6時を少し過ぎていた。やっぱり見栄えが悪いってんで、ガムテープは剝がして丸めてゴミ箱に捨てた。

腹が減ってメシを食いに行った先が新宿三丁目のイタリアンで、そこからハンズが近いって話で、結局カーテンを買いに行ったんだ。馬鹿な話だろ？

でも、当時の俺にはそんな暮らしがどこか心地よくてさ。美香は美香で、ゼニができても引っ越しをするって言い出さなかったのは、きっと同じ気持ちだったんじゃねえか、なんて思ってた。

俺たちは、俺たちがどんな関係なのかを言葉で確認したことはなかったし、あいつが死んじまった今では確認のしようもない。それでも俺は、今でもそう思う。

上等な遮光カーテンになってから、眠りの質が変わったような気がするんだよな。もちろん、光が漏れようと漏れまいと、ざっくり起きたい時間に起きているだけなのだが。睡眠は6時間くらいが調子いいっぽいんだよね、俺は。

ただ、真っ暗なほうがこんなによく眠れるなんて。2個前の家から同じカーテンを使ってきた俺には、ちょっとしたカルチャーショックだった。美香と選んだペイズリー柄のカーテンを、いつしか俺はとても気に入るようになっていた。

とある朝。カーテンを開けていつものように寝起きの換気をする。寒さはそうでもないが、雨の、匂いがした。

向かいにあるいつも部屋中丸見えのまま小豆色の下着姿で掃除機をかけている、通称〝あずきばあ〟の家も、今日は雨戸が閉まっている。「あずきばあ」の名付け親は、美香だ。

「ねえねえ、リーくん。あそこの人、またパンツいっちょでお掃除してるよ」

「知ってる。茶っこいパンツだろ？　あんま見てっと喜んじまうから、ダメだぜ」

「え〜。こっちから見えてるの、気づいてないいんじゃないかなあ。向こうのほうが階が下じゃん。こっちが見えないとか。ありそうじゃない？」

「いや、ちげえ。あいつはわかってやってんの。俺はこれまでに4、5回は目が合ってるからな」

「うわあ。そんなに見てたんだ、あのオバちゃんのパンツ。もう誰でもいいんだね、リーくんは」

「なんだと？　なんで俺があんな腐った巨峰みてえな乳首のババアに欲情しなきゃいけねえんだ」

「え？　この人、おっぱいまで見てたんですけど。怖い怖い」

「はあ？　てめえちょっと来い、この」

　窓際で美香の頭にヘッドロックをかけて、「痛い、痛い」なんてじゃれ合っていると、やっぱりババアと目が合った。なのに、ババアはカーテンで部屋を隠すでもない。むしろ窓際に近づき出す始末だ。

「ほら、見てみ。やっぱあいつ。見られてえんだよ」

「え〜。そんな人、いるんだ。でも私、あのパンツの色。なんか見たことあるんだよね。ほら、小さい時からある、さあ。おばあちゃんちとかに、あるやつ。他に何本か入っているアイス。ほら、あれ」

「ああ。あずきバーだろ？　井村屋の。お前、あんなの知ってんだ。駄菓子屋行くやつしか知らねえと思ってたけど」

「おばあちゃんちにあったんだよねえ。懐かしいな。そうだ、懐かしいことを思い出させてくれたお礼として、あのおばさんに〝あずきばあ〟を与えましょう」

「与えましょうってお前。ババアは別に喜ばないぞ」

「いいの、いいの。とりあえず彼女は今日から、あずきばあ」

ってなことが、あったわけ。

さて、そのあずきばあも雨戸を閉めてやがるってことは、やつも、雨の気配がわかるのか。なぜだか俺は、昔からわかるんだよな。天気予報を見なくても、朝起きて、「あ、今日は雨が降るな」ってのがよ。

そんなことを考えながらタバコをふかしていたら、あずきばあの部屋の雨戸が開いた。なんだよ、考えすぎか。今日も上半身裸。寝起きからずいぶん嫌なものを見たぜ。

廊下でぺたぺたというサンダル音と、コンビニ袋が擦れ合う音がすると同時に、玄関のドアが開いた。

「あれ？　リーくん、やっと起きたんだ。からあげクン、新しい味出てたから、買ってきたよ」

「お。サンキューーな。ずいぶん大荷物だけど、なんの買い出し？」

「なんの買い出しって、シャンプーとボディソープ、同時に切れちゃったでしょ。それにこれでしょ」

生活必需品の類を、次々に陳列する美香。最近の洗い立ての服はやけに香りがよかったが、また新しいのになるのかもしれない。ただ、そこで「前のやつのほうが良かったのに」とは言わない。もうこの暮らしもそれなりに長いし、言い合いになりそうな場面を回避する術を俺は身につけていた。

「あ、そうだ。片づけ終わったら、職安通りのほう行くけど、りーくん、ちょっと付き合ってよ」

「職安通りって、どうせあれだろ？　また飛鳥の院長んとこ、例の軍団並ばせてるんだろ？」

「なんでよう。千秋ちゃん面白いって、こないだ言ってたじゃない」

「面白い？『大丈夫か、あいつ』って言っただけだろ」

「えー。いいじゃん。用事終わったら、外でゴハン食べようよ」

「いや、俺にはこれがあるから」

そう言って、もらったばかりのからあげクンに視線を送った俺だったが、美香に取り上げられた。

「これは、やっぱり私のにしました」

「わかった、わかった。行けばいいんだろ？」

ノーブランドのセットアップに身を包み、香水を首元に振って、靴紐を結ぶ。

「お。香水なんかつけちゃって。お出かけするの、楽しみになっちゃった?」

「うるせえな、気分だよ」

目的地までは、歩こうと思えば余裕で歩けるし、1メーターちょっとだがタクシーに乗りたいといえば乗りたい。そんな距離だ。

「あ、おい。お前、傘持った?」

「持ってないけど、別に降らないんじゃない? ほら、お日様見えてるじゃん」

「まあ、降ったら買うでもいいよな」

さっきは降り出しそうな気配があったが、美香の言う通りで、これだけ晴れ間も出てくると俺の勘も外れたのかもしれない。

「ねえ、歩きタバコやめてよ」

美香はいつもそう言う。だが俺は、それを言われてやめたことはない。

「大丈夫だって。歩きタバコしたいから、こうやって1本裏道歩いてるんだから。ほら、人なんていねえだろ?」

「そういう問題じゃなくてさ」

むくれる美香を見て、「そういう問題じゃないことは、俺だってわかってるぜ」と思いながら、煙を大きく吸い込んだ。

さっきより少し曇ってきた空に、その煙を吐き出しながら、「でも、そうか。こういうのも本当は直したほうがいいんだろうな。これからもこいつといるなら」。そんな殊勝なことを考えていた。そのまま小滝橋通りの裏路地を歩いていると、マンホールがあったので、吸い殻をそこにねじ込んで捨てた。

「君さ。もしかして、下水に流したからポイ捨てしてないとか、言わないよね？」

「いや。そうだろ。わざわざしゃがんで、ごめんなさいねって思いながら、流して捨ててんだから。ポイ捨てとは違えだろ」

「え。それ本気で言ってる？　まあいいや。そんなことばっかりやってると、私、そのうちいなくなるからね。いいのね？」

少し醒めた様子の美香が言った。だいぶ変わった女だとは思っていたが、こんなボールを投げてくるタイプだとは思っていなかったので、面を食らってしまった。

「いいよ、別に」

「ふーん。いいんだ」

「いや。いいってのは、もうポイ捨てしねえから、そんなこと言わなくていいよって意味な」

咄嗟にそうごまかした。最近、こいつに突っ張れなくなってる自分がいる。それを自覚しても、その恥ずかしさもどこか心地いいんだ。

「あ。ビビった。今、私がいなくなるの、ビビったでしょ」

「は？　どっから来るんだよ、その自信」

＊

再度、小滝橋通りに出た俺たちは、「そこのラーメン屋はわかめを使い回してるらしい」だの、「そこのマンションにバングラデシュ人のアジトがある」だの、よくわからない話をしながら飛鳥クリニックに向かっていた。職安通りを曲がると、美香の携帯が鳴る。

「あ、もしもーし。千秋ちゃん？　うん、もう着くよ。セブンイレブンとこいる」

それにしても、美香に調達やらされてる女たちは、どうして自分で捌こうって気にならないのだろうか。こいつだってそんな特殊なことをやってるわけではない。

あの女たちにしたって掲示板でバイを3か月でも続ければ、卸し先のリストなんてすぐ作れそうなもんなのにな。

　この街じゃ、一度ボルトナットとして固まっちまったら、なかなかそこからは抜け出せない。システムや誰かの部品でいるのが嫌なのであれば、道具を使う側にならないといけない。かくいう俺も、さらに大きいシステムの中では錆びれたネジだ。さらに、ひねくれすぎて角がなめってやがる。


　考え事をしてたら、晴れ間が差しているのに空がどんよりして見えてきた。まあ、いいんだ。いつかもっといい生き方ができるかもしれないし、今は今で楽しい。ここで立ち読みしている、あいつやあいつよりも。

　飛鳥クリニックの先にあるセブンイレブンでパチスロ雑誌を立ち読みしながら、美香を待つことにした。コンビニ前のガードレールに腰掛けた美香が、ガラス越しにウインクをしてきた。

　クスッと笑ってしまう。なんのサインだよ、と。


　来た。千秋ちゃん。今日もずいぶん、ぶっ飛んでやがる。耳のちょうど上あたりまで、黒髪。そこから下は、肩甲骨あたりまで、何度も繰り返されたブリーチでバサバサになった金髪。ここらへん一帯で一番のプリンじゃねえかな、これは。

そんな千秋ちゃんに、美香が慌てた様子でなにやら話している。トラブルでも起きたのかと思って雑誌を棚に戻し、俺は外に出る。口論ではないが、困惑した様子で美香は話し込んでいた。

「ねえ。靴どうしたのよう」

さっきは本棚で見えなかったが、今は美香の焦っている理由がハッキリと見えた。千秋ちゃんは、素足。いや。素足とは言わないか。靴下は履いているが、靴を履いていなかった。

「病院に忘れてきちゃったんじゃないの？　怪しすぎるから、取りに戻りなよ」

もごもごしながら話している千秋の声に聴き耳を立てると、やっぱりぶっ飛んでいた。

「違うの。誰かが、私のサンダル、履いて行っちゃったの。だからって、私が他人の履いたら、私が泥棒になるでしょ？　千秋、泥棒はしたくないの。お母さんとの約束だから。だからね、千秋そのまま出てきたの。サンダルはね、ピンクのやつ。千秋がトイレ行くところまであったの。でもそれを先生に言ったら、千秋が先生を疑ってるみたいでしょ？　証拠がないのに疑ったらいけないって。小学校の時の先生が言ってたの。それは5年生の時にね」

「千秋ちゃん、1回落ち着こ？　ね？　リーくん、ちょっと。コンビニで何か履くもの買ってきてあげて」

これは緊急事態だ。セブンにブーメランダッシュした俺は売り場を探すが、室内用のモコモコしたスリッパしかない。でも、今はこれでいいはずだ。よく見ると、プリンの千秋に似合いそうなデザインに見えてきたしな。

「袋、いらないです。お釣りはここに」

左右がつながれていた部分を引きちぎると、千秋の足元にそれを置いた。

「え？　プレゼント、ですか？　でも、知らない人にモノをもらったらダメって、お母さんが言ってたし。それにね。さっきの5年生の時の話の続きなんだけど」

「千秋ちゃん。いったん、履こ？」

美香は母親のように千秋の足を持って、スリッパを履かせていた。

その後、千秋を落ち着かせるかのように、「うん、うん」と頷きながら、千秋のマシンガントークをひとしきり聞くと、おもむろに美香は切り出す。

「はい、じゃあ今日のぶん、もらおうかな？」

「あ。こ、これ。千秋、みんなに『来週から旅行に行くから多めにください』って言うように伝えたのね。それなのに、さやかちゃん忘れちゃって。それで、千秋、『練習したのにどうして言えなかったの、さやかちゃん』って言ったんだけど。でも、さやかちゃん、一生懸命頑張ったのに、これ以上責めたらいけないと思っちゃって。それでね、さやかちゃん、もう1回先生に言ってくるってなったんだけど、今日はそれしなくていいよって。千秋は思ったから。だからそのぶん、電話で話した量とエリミンだけ少し、違って。でも怒らないで。千秋の失敗をみんなで責めないで！　どうしてかっていうと、それはわざとではないからだし、理由もちゃんとあって、それはさやかちゃんが、来週旅行に、行くからっていうのを先生に……」

「うん。実はね。エリミンちょっと少なくできるかなって私も言おうと思ってたんだよね？　さすが千秋ちゃん。はい、じゃあこれ」

いくら入ってるのかわからないが、かわいいお年玉袋を美香は手渡した。

「じゃあ、ちゃんとタクシーで帰るんだよ。バイバーイ」

そう言うと、美香は俺のセットアップの裾を引っ張る。連れ去られるように、ドンキの手前の裏路地を曲がった。

「おい、よう。あいつ大丈夫？　飛びすぎてねえか？」

「大丈夫。あの子、役割をあげないと自傷に走っちゃうから。ちょっとクスリやりすぎてるのかもしれないけど。ああ見えて、あの子、買い子の管理ひとりでやってるからね。すごい子なんだよ」

「おめえ、やばい組織のリーダーみたいだな。気持ちわりいから、もうちょっと金貯めたらやめようぜ」

そうは言ったものの、金が貯まったらどうするというのか。引っ越したとして、シノギは何をするのか。難しいことを考えると、さっき止めることにした歩きタバコがしたくなる。まあ、また考えればいいか。


受け取った処方箋薬の束をガサガサとカバンにしまい込む美香の後ろ姿は、今やっていたこととは裏腹にきれいだった。

「よーし。ゴハン行くぞ」

「ゴハン、なあ。なんか俺、あいつの早口聞いてたら腹いっぱいだよ」

「また、また。本当はちょっと楽しかったくせに。リーくん、好きじゃん。こういうの。悪いことしたり、やべえやつ見たり。知ってんだから、私」

「でも、ヤバさにも質ってもんがあんだよな」

「やめてくれる？　人のこと、やばいやつ呼ばわりしてるみたい」

「メシくらい付き合うって。でもその前に、エリミン換金しないとな?」

俺のほうで用意した客は、大久保公園に待たせていた。サイケのパーティのオーガナイザーを自称しているが、実態は売人だ。名前はかっちゃん。かっちゃんもシャブ中で、こいつの車のギアボックスの下は隠しスペースになっていて、ガンコロが100グラム単位で常備されている。

「これ、今日は20人分かな。ひとりだけ2週間分しか出てないのいるかもしれないから、1万円まけとくよ」

美香から預かった処方箋薬の束を渡し、かっちゃんは俺に封筒を差し出す。

かっちゃんはそわそわと車に戻っていった。俺は封筒の中身を確認することもせずに美香に渡したが、おそらく中身は20万円ってとこじゃないかな。

「んじゃ、また」

処方箋薬だから、警察の目を気にする必要はまったくない。そのありがたみってやつを存分に享受しながら、美香と俺は馴染みの韓国料理店に向かった。

おばさんとお婆ちゃんの間くらいの女店主がひとりで切り盛りするこの店は、キムチからチヂミまで、何を食べても外れがない。

少し遅めのランチに、俺はサムギョプサル定食、美香は冷麺、それと2人でシェアするよう海鮮チヂミとコムタンスープを頼んだ。付け合わせで出てくる韓国ノリやキムチ、もやしのナムルなどの小皿でたちまちテーブルが彩られる。

「うわあ、おいしそう。リーくん、お腹空いてるからってお米から食べないで。こういうのは食べる順番も大事なんだから」

金属製の箸を手際よく操り、美香が俺に料理を取り分けてくれる。スープに入ってる細かい具材からナムルの漬物みたいな食材まで、それは見事な箸さばきだった。父親とは小4以来会ってないとか、母親とは不仲だとか言ってたが、箸の持ち方を見て家族の愛情ってやつを垣間見た気がした。なんせこういうのは、ガキの頃から朝晩、ちゃんと親とメシ食ってたかどうかでだいぶ左右されるからな。

事実、俺の箸の使い方なんてのはひどいもんで、なんだか恥ずかしくなっちまった。凛とした美香の佇まいにしばらく見惚れてしまった。

「ちゃんと噛んで、ゆっくり食べなよ」

美香が言う。それを聞いた俺は――気づけば、柄にもないことを口にしたんだ。

「やっぱ、お前のこと好きだわ」

「どれくらい」

「かなり」

「かなりって?」

「設定6くらい」

「今のダサいからなし。やり直し。なんなのよ設定6って」

「だから、その……一緒にいればいるほど、ずっと出るってことだよ」

「はあ? ずっと出る? 何がよ」

「だから。メダルじゃなくて、好きな気持ちが」

あまりの表現に、腹を抱えて爆笑する美香。

「おい、笑うなよ」

「だって、好きな気持ちが設定6ってアハハ。馬鹿じゃないの」

「やっぱ今のなし。間違えた」


中途半端な愛の告白ってやつに照れてしまった俺たちは、あまり会話を交わすことなく、食事を終えた。でも、無言だからって気まずい類の空気ではない。むしろその逆で、たまに目が合ったときに片方だけ口角をあげて笑うあいつの顔を、どうしようもなく愛しいものだと感じるようになっていた。

会計を済ませ店を出ると、雨が勢いよくアスファルトを弾いていた。まあまあの本降りと言っていい。


「出たよ、雨。だから言ったべ？　ちょっとここで待ってて、コンビニで傘、買ってくるから」

そう言った俺の裾を美香が強く、掴む。

「いいの。いいことがあった日は、傘はささないほうがいいの」

「いいこと？　何それ」

「えへ。内緒」

美香が言ってるいいことっていうのは、俺が口に出して「お前が好きだ」って言ったことだろうな。でも、こっぱずかしいから、とぼけてみせた。

「走れるか？」

小走りで家路を急ぐ。雨で垂れた前髪をたまにかき上げながら、ガードをくぐる頃には雨は止んでいて。溶けたマスカラでパンダみたいな目になった美香が言った。

「ほらあ。リーくんが食べるの早いから、ちゃんと噛んで食べてたら店出たの、今ぐらいだよ？」

「はいはい。悪かった、悪かった」

部屋に入って暖房をつけると、交互にシャワーを浴びた。

狭い部屋に無造作に置かれたベッドの上で、バスタオル1枚の美香と向き合う。「好きな気持ちが設定6」は我ながらどうかと思うが、まあ、あながち間違ってもいないんじゃないか。

そんなことを考えながら体を重ねた。そして、深い眠りに落ちた。

＊

ゼニもあって、シノギも順調。

意気揚々としていた俺の前に、すでに記憶から消していたような野球賭博の取り立て人が来たのがその頃だった。

「ちょっとお宅に支払ってもらわないといけないものがあるんでね。ドア、開けてくれないか？」

野太い声をしたヤクザ。招かれざる客ってやつが、突然俺のアパートまで来たんだ。1年以上前に仲介してやった客が、死ぬほど走らせて飛んだらしい。その穴埋めをしろってのが、一応の言い分だ。

「はあ？　抜けたぶんの1パーセントでももらったわけでもねえのに、俺に言ってくるんじゃねえよ」

俺は、玄関口で男に強い口調でそう言った。

だいたい自分がバックレたわけでもねえのに、住所を調べられてることにも無性に腹が立ったし、責任の所在を芋づる式で問われるのがこの街のマニュアルだとしても、俺には納得できない話だった。

「リーくん、おっきい声やめなよ。お隣にまた文句言われるよ？」

不安げな表情を浮かべながらもなだめてくる美香の言うことを聞いて、野球のオッサンを部屋に入れちまったのが、今となればそもそもの間違いだったのかもしれない。

ドンキで買った安くて小さい液晶テレビから、笑っていいとものの観覧席の笑い声

が寂しく室内に響いていた。同時に、タモリのサングラスよりも黒い影が俺たちに
覆い被さってきたんだ。

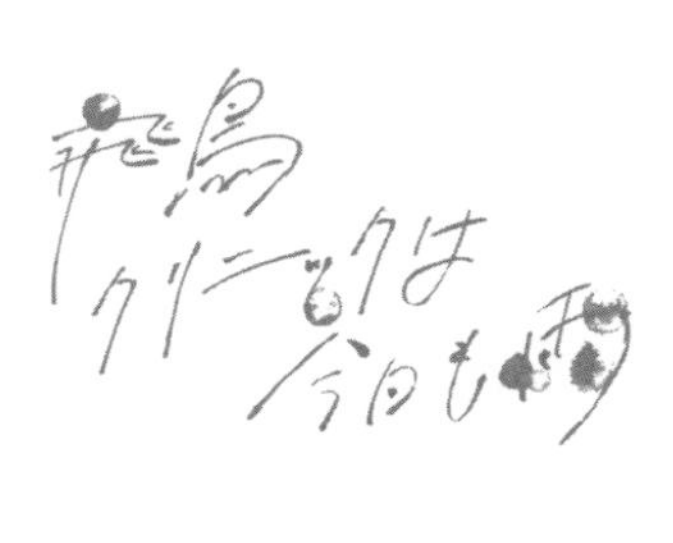

「あんたの言ってることも、あんたの立場もわかるよ。でもよ、こいつはさすがに因縁ってやつなんじゃねえの?」

取り立てに来た男は、明らかにオッサンだった。デカい体に坊主頭。それっぽくはしてたけどスーツはどう見てもサカゼンで買った大きい人用の安物で、コスプレヤクザみてえな風体なんだ。

それならここで一発カマしてやらねえとって気持ちもあって、俺はその男に畳み掛けた。

「おう三下、てめえ誰に下駄履かされて来てんだ? この俺から取り立てろって、どこの誰が言ってんだよ?」

お隣さんがもしこの時間にいたら、気まずいくらいの声量で俺は吠えた。腹の底から声を出してるが、怒鳴ってはいない。そう言ったらわかりやすいだろうか。

突然のインターフォンを理不尽に思うのも当たり前の話で、そもそもこの組織は関西から出てるハンデを多少いじっててめえで受けてるような連中でさ。知り合ったきっかけも中野坂上のマンション麻雀だった。

そこで知り合って、何度か卓を囲むようになった自称・不動産屋社長の斎藤サン

ってやつの、
「リーくんって金貸しもやってんだろ？　在籍確認の電話だけ出てくれる社長いたら紹介してよ」
から始まって、その流れで「野球か競馬好きなやついたら紹介してほしい」になっただけなんだぜ？

在確の電話に出る会社を紹介した時も、野球賭博やら競馬のノミ屋で遊ぶ客を紹介した時も、俺は斎藤サンから一銭たりとも紹介料をもらわなかった。

斎藤サンはなんつうかな。金を稼ごうとして中野坂上のマンション麻雀に来ていなかったんだ。

採算を度外視して誰が見ても美しい手を上がろうとしたり、役満を無理に狙ってみたり。簡単に言ったらカモだった。いや、もう首に矢が刺さってる矢鴨かってくらいに仕留めるのが簡単だったんだ。

そこそこのレートが立つ賭場になると、感情を押し殺して勝ちだけを狙いに来る小賢しいやつが基本的には多い。そんな場面において、ただ純粋にギャンブルがもたらす興奮や陶酔感を求めるおバカさんってのも一定数いて、斎藤サンはまさにそんな人間だった。

絵に描いたようなカモだった斎藤サンはなぜか俺を気に入ってくれて、「リーくんと打ちたい、リーくんと打ちたい」

なんて言うもんだから、俺だって大事にしちまうだろ。

千点千円、ハコって6万くらいのレートだったけど、俺にはドル箱だった。

店員とレツになるわけでもなく俺は勝ち続けていたし、斎藤サンからいただくゼニをいつしか固定給みたいに思っていた。

だから大事にしてた。

「すぐ抱ける姉ちゃんいねえか？」

って言われたら店つないだし、それと同様に在確、名義貸し、客紹介くらいはしてやってたんだ。

マンション麻雀なんかに遊びに来る客ってのは、基本どこか脛に傷持った連中の集まりなわけで、卓の上でも外でもハメめたりハメられたりって話は少なくない。

そう考えると、斎藤サンと俺の関係ってのは、それなりにいいものだったわけ。

それに、斎藤サンに野球の客を紹介したのなんて、2、3年前の話だったはずだ。

「おいおい、ケツ持ってくるにしては遅くねえか？」

素直な感想だった。イライラしてきた俺は、コスプレヤクザに苛立ちを叩きつけるように言ったんだ。

「あんたさ、そもそも誰のおつかいで来てんの？　俺の家跨いでんだから、あとからガタガタ言っても聞けねえぞ？」

一応はソファーに座らせたコスプレヤクザに俺が問うと、空気を読めない美香がなぜか仲裁に入る。

「リーくんやめなよ！　そういう言い方。話せばわかるかもしれないじゃん」

面倒くさいが、ここは整理するしかない。美香を巻き込みたくないのもあって、俺はまずこの話し合いを1車線ずつの道路にしようとした。

女を助手席に乗せてると、キャーキャー言って余計に危ないってことあるだろ？　こっちは見えてるつもりだから、邪魔はないほうがいいって思ったんだ。

「こういう掛け合いには楽しい話し合いなんてねえから。お前は1回外、出てってくれるか？　あ、馬場のブックオフでなんか俺が好きそうな漫画でも全巻買いしてこいよ」

「リーくんの好きな漫画なんか知らないよ」

「うるせえ、じゃあパン買ってこい」

なんだか要領を得ないやりとりを美香としたが、まあ仕方ない。

この場に女がいても仕方ないし、もしかしたら俺も覚えてないようなケジメの話になる可能性もある。どうにもならない筋なら土下座だってある。


いろいろやってると、何かまずい場面になった時に「やべえ、どれのことかな」ってなっちまうんだよな。美香は曇った表情で玄関を出たと思ったらすぐに戻ってきて、こう言った。

「リーくんの都合で買い物行くのに自腹で払うのイヤだから、二千円ちょーだい」

それを聞いて、取り立てに来たコスプレヤクザみてえなオッサンがクスッと笑った。

場面の緊張感なんてのはそんなもんで、そうなると俺もニヤけてきそうになったが、俺は多分突っ張った顔をしてこんなかんじのことを言った記憶がある。

「てめえ、何がおかしいんだコラ。美香は早く買い物行ってこい」

美香が家を出たあと、コスプレヤクザのオッサンとふたりになった俺はいろんな話を聞いた。

驚いたのが、こいつはコスプレじゃなくて、本当にヤクザだったことだ。ただヤクザといっても、下手打って寿司屋の2階で無理矢理盃(さかずき)飲まされたような話もあとから聞いたから、三下には変わりはなかった。

見たかんじいい年だし、組の中でも結構いじめられてたんじゃねえかな。無理筋な回収くらいしか仕事をもらえなかったのだと思う。

話していくうちに、ミヤハラっていう本名だか渡世名だか今となってはわからないオッサンと、俺は妙に打ち解けちまったんだ。

そして——。美香がやっつけ仕事で俺が好きでもねえ食パンとピーナッツバターを何枚も嫌がらせのように買って帰る直前に、思いがけず出てきた名前が木村のオッサンだ。


本当に狭い街だぜ。この広い日本全国から逃げてきたやつが集まる街が歌舞伎町なのに、そいつら同士でもぶつかっちまう。

そんなことを思いながら、まだ一箱400円するかしないかのタバコに火を点けて、台所の小さい窓を開けた。

深く肺に入れたハイライトの煙を窓の外に吐き出しながら、喉から抜け切れなかった余韻のような感情が鼻孔からゆっくり抜けていった。

「参ったな」

だけど、それもあと5秒もしたら透明になる。

＊

要は木村のオッサンが野球で溶かしていた。例の不動産屋の斎藤サンの胴で、だ。

俺が麻雀でカモにしてた自称・不動産屋社長の斎藤サンは実は現役の不良で、目の前の体のデカいオッサンはその舎弟。まあまあややこしそうなところの枝だった。

俺が紹介した、今じゃ連絡も取ってねぇ野球の客が斎藤サンの胴から飛んで、同時期に木村のオッサンも派手にスべって詰められて、てめぇのぶんの返済もできないなら、別の飛び客の回収手伝えって話になったところで、俺の名前が出たらしい。

こんなの読んでもわからないだろ？　俺もそうだったから大丈夫だ。何が何だかわからなかった。

要は、俺があんまりよろしくないものをバイしてそれなりに景気がいいって踏んだ木村のオッサンが、その場しのぎに「リーくんなら立て替えてくれるかも」みたいなことを口走ったって話。無理筋もいいところで、事態を把握した頃には無性に腹が立ってきた。

そもそも、そんな切羽詰まった状況で、出会い系サイトなんかをいじくり回して美香を拾ってだぜ？　職安通りのあの店でスロット叩くって、どういう神経してやがるんだ。しかし冷静になると、そんなことはこの街じゃ、ありきたりなことだと気づいた。

自分が寒くなったら人のせい。身銭切るようなケツが来たら、右から左で隣の誰かに押っ付ける。

地方からツレ同士で上京してきたのに、片方が片方を保証人にして飛んじまうやつ。本当に好きで付き合ったはずの女に、ギャンブル依存のせいでウリやらせるやつ。箱ヘルで本番してる姉ちゃんを恐喝したゼニで麻雀してる風俗のボーイ。そんなんばっかだ。

ネオンはこんなにキラキラ光っていても、人の心にはなかなか届かない。まるでガキの頃に連れてってもらった那須高原の夜みたいに真っ暗だよ。だがそのぶん、星空はきれいで、それがこの街だと消費者金融の電光看板だっていうなら救えねえ話だよな。

てめえが今より少しでも楽になれるなら、他人がすごく辛い思いをしても仕方ない。そんな風に割り切る気持ちがないと生きていけないってくらいに、心の弱いやつが多いのかもしれない。

この街に集まるやつなんて田舎の電灯に群がるカナブンみてえなもんで、カブトムシでもクワガタでもねえからガキにも相手にしてもらえねえ。みんなで一緒に明るいところに群がって、なんとか毎日をやり過ごしている。

この俺にしたって「あっそう」ってくらいのもんだよ。

人に期待なんてしていなかったし、俺だって仲が良い風に付き合ってたやつを換金したことなんて、何度もあった。習い事なんか公文しかやったことのねえ俺でも、因果応報の意味くらいはわかっていたけどな。

体のデカいミヤハラのオッサンに俺は言った。

「斎藤サンは俺から回収しろって言ってんの？　仲良くしてたつもりなんだけどな。ていうか、これさ。普通に『知らねえよ』で終わる話なんじゃねえの？　オッサンには悪いけどよ」

俺がそう言うと、ミヤハラはでけえ図体の割に、もじもじしたかんじでこう返してきた。

「お気持ちはわかるんですけどね。でも、ここで話終わらせたほうがいいですよ」

「は？　こんな訳わからねえケツなんか、5万でも100万でも払わねえぞ？　道理もくそもねえ」

「いえ。5万や100万じゃなくて860万です」

はいはいってかんじだよな。不良が話を吹かすところから始めるのなんか、基本中の基本。「額がどうあれ、ケツは拭かない」って条件で斎藤サンに客を流していた俺は、何も言われる筋合いがない。「ああ、これ勝てるな」くらいにタカをくくっていたんだ。

「だからさ。まず俺が紹介していた客のケツは一切拭かない約束だって話、俺はしてたよな。わかるだろ？」

「はあ。そう聞いています」

「次に、木村が斎藤サンとこで野球してるの、俺はまったく関係ないよな？　別口だろ？」

「まあ。そうなりますかね」

「ほら、そうだろうが。オッサンも仕事なのはわかるけど、これはさすがに無理筋だって。諦めて木村でもいじめてこいよ」

「でも、これはどうしますか？」

これには俺もだいぶ参った。ミヤハラが丈のあってないスーツの内ポケットからゴソゴソと出してきたのは、ふたつ折りの紙。むくみでクリームパンのように張った指先を不器用そうに動かしながら俺の目の前に広げられた紙には、美香の名前が書いてあった。

金銭消費貸借契約書。向かって右にはそう書かれていた。

「これがなんだってんだよ。貸し主が木村？　そんな話、聞いたこともねえぞ」

「でも見てくださいよ、ここ。この拇印が本物かどうか、あと何分かすればわかるんじゃないですかね」

「だったらなんだっつうんだよ。紙だけ持ってきたところで、あいつは金なんか借りてねえぞ。それになんだよこの金利。今どきこんなことやってたんじゃ、駆け込まれたら終わりだぜ？」

「なるほど、なるほど。あなたがそれを言ってしまっていいんですかね？」

「何がだよ。女、デコに飛び込ませるくらいわけないぜ？」

チッ。コスプレヤクザの類だと思って舐め切っていたミヤハラが突如目の前で舌打ちをした。

「チッってなんだよ……」

そう言いかけた俺の喉元に、ミヤハラの太い掌がきつく絡みついてきた。

「だからてめえがそれ言うのかって言ってんだよ、小僧が。薄汚ねえ金貸し風情がよう。てめえ、誰のシマで商売やってたかわかってんのか、コラ」

なんとか手を振りほどいた俺の鳩尾に、痛烈なボディが入れられた。丸太みたいな腕だけあってなかなか効いちまった。

「だからよう、小僧。てめえだってここらでトサンでちょろちょろやってんだろうが。もういっぺん言ってみろよ。この紙の金利がなんだって？」

ミヤハラの怒号と同時に、音を立ててドアが開いたと思ったら、こいつらちゃっかり人まで揃えてやがった。狭い俺の部屋に、物騒な男たちが我が物顔で乗り込んでくる。

俺は押し問答を続けたが、そうこうしてると美香が呑気にコンビニ袋を下げて帰ってきた。

「あれ、リーくん、お友達？　えっと、あの、麦茶しかないんだけど……」

こうなってくると、美香に本当に木村から金を借りたのか、それが果たしていくらだったか、そんなことの答え合わせをする場面じゃねえな。

「ゼニ、立て替えらんねえなら女のガラ渡せ」

でゴリ押しされるんだ。


箪笥(たんす)の上のラジカセからは、当時流行っていたジャ・ルールのＮｅｗ Ｙｏｒｋが流れていた。

俺だってこんな泥臭い街を飛び出して、タイムズスクエアにでも行ってみてえもんだよ。どこでもドアとまとまった金さえあればな。

＊

「わかった、わかった。そんな材料持ってこられたんじゃ、こっちもちゃんと考えるよ。だからこの紙は買い取る。でも野球のは知らねえ。それでいいだろ？　手ぶらで帰すわけじゃねえんだから」

最初から書かれていたのか、あとから書き込まれたのかはわからないが、借用書の額面は５００万。かき集めれば、どうにかならないこともない。

しかし、連中も人まで揃えてくるだけあって、簡単には引き下がらない。

「何言ってんだ、お前。よく見てみろ。世の中には金利ってものがあるの、てめぇが一番わかっているだろうが」

今ではどこの金融も絶対やらないが、一発逮捕の証拠になるような違法金利を堂々と紙にする業者もいた時代だった。

そこには月利20％なんて書かれててさ。サツかそこらへんの弁護士にでも駆け込まれたら、あっという間に貸したほうが出資法違反でパクられちまう。そんな紙切れだった。

だが、それができないっていうのが、俺の置かれていた環境だった。魚が水の中でしか生きられないのと同じで、この泥水の中で生きていた俺が地上に出て「お巡りさん、助けてください」なんて言おうもんなら、もう同じ池には戻れない。

住み慣れていない、どこかの街の似たような池まで誰かに連れてってもらえばどうにかなるのかもしれないが、トビとチンコロだけはするなという昔の先輩の教えが頭にこびりついちまってる。

そうなると、結局この濁った水面の下で泥仕合をしながらでも、どうにか切り抜けるしかない。そもそも守る者っていう重荷まで背負ってるわけだから、簡単に浮かび上がれるものでもないしな。

「ちょっと聞いてくれよ、ミヤハラさん。紙切れ持たれて言った言わないの話もしたくないんだけど、物事には落としどころってものがあるだろ？」

部屋に乗り込んできたミヤハラたちの集団がただのお友達ではないといい加減気づいた美香だが、それでもコップに麦茶を注いで全員に振る舞っていた。

借用書を見て、なんだかバツが悪そうな顔をしていたが、これを美香本人に聞かないわけにもいかない。ミヤハラとの会話の流れで確認することにした。

「なあ、美香。これなんの金なの？　そもそも心当たりあんの？」

なるべく自然に、を心がけながら俺は尋ねた。

「私、借りてないよ。それ木村さんに『いい仕事あるよ』って言われて私、興味あるかもって言っただけなのに、話聞いたらAVだったから、出ないって断ったの。そうしたら撮影がバラシ？　になったから罰金が発生するって急に言われて……」

俺が美香と出会ったのは早朝の歌舞伎町だった。木村のオッサンが美香を持て余していた姿は今でもハッキリ思い出せる。

しかし、あの時は援デリのタコ部屋から逃げ出して木村と知り合ったはずで、そんな契約書を巻く時間などあったのだろうか？　どんなやっつけメーカーだって、写真撮ったり面接したりって段取りがあるはずなのに。

ゆっくり整理して考えたいが、目の前ではミヤハラがガタガタうるさい。

「おいおい。内輪の話はあとでやってくれよ。こっちだって金利まけてやってるのわかるだろ？　この紙を、額面通りの５００万。ついでに野球が３６０万。リーくんがそんなに野球のケツを拭きたくないってんなら、この紙は金利も込みで９００万。どれが一番賢いか。おじさん、リーくんならわかると思うけどなあ」

ミヤハラがそういって茶化すと、周りの三下たちが声をあげてゲラゲラと笑ってきやがる。

「そんな金、俺が持っているように思う？　この部屋見りゃわかるだろ。なんなら、お宝探しでもしてみるか？」

すると台所からオリーブオイルの瓶が飛んできた。

「何甘ったれてんだ、てめえ。自分だってこれまで、ないやつに作らせてきたろうが。そうだろ？」

お付きの三下にまでこんなこと言われるようじゃ、この俺もずいぶん落ちたもんだよ。

だが、玄関のドア前はがっちりガードが2枚。テーブルの反対側にいる美香を連れてここからバックレるのは、どんなに機転を利かせても難しいだろう。

「わかったよ。何日かは時間くれるんだろ？　俺もそこらへんのサツたれ小僧とは違うから、やるっつったらやるよ。今あるゼニも渡すぜ？　手ぶらで帰っても斎藤サンの顔、見れねえだろうし」

正直、自分でも似たようなことやってるからわかるんだ。キリトリで長居をするのは本当にどうにもならない時だけ。こいつらだって、俺を缶詰めにして電話帳の「あ」から「わ」まで電話させるよりも、カマすだけカマして、手付をとったら残りも俺が金作ってくるくらいには思っているだろう。

斎藤サンにしても、今までの付き合いの中で俺の金回りや、ゼニが入るローテーションなんかは想像がつくはずで、財布の中身を値踏みした結果、このミヤハラを寄越したってとこだろう。

「ほら、200万入ってるから」

赤玉や大麻、銀行口座なんかをせこせこ捌いて貯めた金。きっちり10万のズクが

20束入った茶封筒を台所の引き出しからテーブルの上に放った。笑みを浮かべて俺を見上げるミヤハラに俺は聞いた。

「ひとつだけ聞きたいんだけど、斎藤サン、なんでこういうやり方するんだろ？　麻雀ではゼニ巻き上げちまったかもしれないけど、仲良くしてたつもりなんだけどな。それに、どこそこの親分だって言ってくれれば、俺だって差し込みくらいしたのに」

「さあな。親父の深い考えなんかは俺らにはわからんわ。お前のその目つきが気に入らなかったんじゃないの？」

周りの三下どもが、今度はクスクスと笑う。

「とにかくそれ持って帰ってくれよ。ツケウマもいらないぜ？　やるっつったらやるから、今日はもういいだろ？　それともこの保証書なしのサブマリーナでも持っていくか？」

どちらにしても、美香の借用書をヤクザに持たれているのは気持ちが悪い。俺がいない時に何が起きるかわからないし、いつかカエシを入れてやりたい気持ちはあるけど、今それができる手立てがあるわけでもない。

大丈夫だ。博打を我慢すればどうにかなるだろ。いや。むしろここは金を借りてきてでも勝負するべきか。

「じゃありーくん。一応、毎日来るから。揃うもん揃ったら連絡するようにな。ほらこれ」

ミヤハラは巨体をのそのそと揺らしながら靴を履き終わると、内ポケットから飛ばしであろうドコモの黒ソリッドをパカパカと開いてケータイ番号を知らせてきた。

玄関を閉めた俺は換気扇のスイッチを強にしてタバコに火を点け、深く煙を吸い込んだ。

「やっぱりお前、とんだ厄ネタだったな。まあいいや。そこ、座れよ」

*

「なあ美香。さっきの紙切れはなんなんだよ」

俺の部屋に上がってきた不良の中に足が臭いやつがいたようで、床についた湿った靴下の跡から中年特有の嫌な臭いがしてくる。

そんな中で、俺は気の進まない尋問を始めた。

「だからさあ。本当にさっき言った通りなの。木村さんに簡単におっきいお金もらえる仕事あるよって言われて……大ガードのとこで面接したの」

「それで安易にAV出ようと思ったとか？　お前、そんな馬鹿な女だったっけ？」

「違うよ。最初は水着って言われてさあ」

「そんなワケねえだろ。やるとも言ってねえのに、なんでこんな紙書いてるんだよ。これ、どっからどう見てもお前の字だろうが」

「……でも、本当にそういう仕事はしなかったんだよ。『やっぱりキャンセルする』って言ったら、違約金かかるって話になって……飛べばいいやと思ってサインした私も馬鹿だったけど」


金を貸す相手や内緒の荷物の取引なんかの時に、俺は相手の目線やジェスチャーを観察する癖がある。

この時の美香の目線は、利き手と反対方向に動いていたし、瞬きも多かった。さらには、指で頬まで引っ掻いてやがる。間違いなく何か嘘をついている。

だが、それをめくったところで何か物事が好転するかといえば、そんなことはない。何らかの理由で美香が嘘をついていたとしても、俺をハメてダメージを与えたいとか、この街でよくある質の悪い騙し合い、化かし合いとも違うと思った。だから、俺は追及をやめたんだ。急場をしのぐ時に別のことを同時進行しようとしても、余計深みにハマるだけだしな。

「まあいいや。今はもう聞かねえ。けど、俺が帰ってくるまでに、国語の先生に褒められるくらいの作文は書いておけよな」

「え。リーくん、どこ行くの？」

「どこってお前。眠剤でも食いすぎてるんじゃねえか？　金作りに行くに決まってるだろうが」

ボロいドアノブを慣れた手つきで右側に回して、俺は外に出た。

ポケットの中にビスケットは入っていないが、パケならある。小僧がぱっとゼニ作るなら、ネタを捌くのがいつの時代も最短ルートだ。焦ってシノギをすると、気づいた時には手首にワッパが回されるもんだってことも、十分に理解してるけどな。

それでも、今はこれをやるしかない。

雑でも荒っぽくてもいい。とにかくスピード重視だ。

タバコに火を点けて俺は考えた。嘘つきでも、眠剤食いすぎてフラフラしていても、仮についいこないだまでカラダを売っていたとしても――それでも俺は、美香が好きだ。

どこがって聞かれても、それをはっきり言葉にすることはできない。なんとか言語化しようと考えを巡らせていると、自転車に乗ったおばさんが目の前で俺をじっと見ている。

「お兄さん、ここ禁煙ですよ」

俺は指で持っていた吸い殻を、そのまま中指で弾いて自転車のかごに叩きつけた。

「うるせえぞ、ババア。俺は今、気が立ってんだ」

「まあひどい。警察呼ぶわ」

後ろでがなっているおばさんを背に、俺は小走りで角を曲がった。イライラしているのは事実だが、どこか気分は晴れやかだ。

てめえのためだけに商売頑張るのと、誰かのためにシノギをするってんじゃ、テンションがこんなにも違うんだな。

競馬で走らされている馬もこんな気分だったりするのか。なにしろメシの量は勝っても負けても変わりないんだから、連中にもやりがいみたいなものがあるのだろうか。そんなことを考えながら、俺はタクシーを停めた。

向かう先は、新宿三丁目のパチンコ屋。移動中、窓越しからでも香水が匂ってきそうな、セシルマクビーのバッグをぶらさげた姉ちゃんが腹の出てるオッサンと同伴デートをしている姿が目に映った。二丁目に差し掛かるとゲイは今日も元気にウロウロしているし、そんな平常運転の街をぼんやりと見つめていると、目的地にはすぐに到着した。

勝つ気でパチスロやるわけでもねえ。待ち時間に何も考えたくなくてレバーを叩いていた部分もある。

ここはスロット信長新宿店って店でさ。近所にはサテンも何軒かあったし、夜になれば開く口の堅いオカマの店もあった。でも気を紛らわせるには、ここが正解だと思ったんだよな。

「ミートソースとカルボナーラ、どっちが好き？」

ふいに入った美香からのメールに〝どっちでもいい〟と返した俺は、不人気台の並びに取引相手の客が来るのをじっと待っていた。

「リーさん、お待たせしました」

待ち人来る、だ。

こいつはツケならいくらでもネタを持っていくっていう、新宿界隈ではわりと知られた男でね。区役所通りのバーテンが表の顔、裏の顔はプッシャーっていう年は俺とそう変わらないやつで、何度か小ロットの取引はしたことがあった。カズくんと呼ばれていたけど、おそらく本名ではない。

「カズくんよう。今回なんだけど、ちょっと気合入れて、まとまっていけねえかな？　いやね、先が出してたおっきいとこ、別件でやられちまったらしくてさ。今回俺頼みみたいで、頼み込まれちまってるんだ」

「なるほど。寒いですからね、最近。月間ってわけでもないのに」

「そうなのよ。どうにかならねえかな。先がしばらく抱え込むハメになって、これで引退とかされたら、そっちもつまんないだろ？」

「いやあ。リーさんとこ、確かにモノいいですけど、他からも引けますからねえ。やれないわけじゃないんですけど、さっきの〝最近寒い〟くだり、あるじゃないですか。たくさん抱えるのがちょっとなぁ……」

カズくんはそこまで乗り気ではない。そんな態度を滲ませているが、俺はお構いなしにレバーを強打しながら、話を続ける。

「でもよう。カズくんがこっちいじくり出した時、俺だってツケでさんざんやってやったろ？　ほら、なんだっけ。唐仁組の枝が面倒見てるホストのあれよ。カズくん効かせすぎてぶっ飛ばしちまってさ。それのケジメ用立てたのだって、誰だったか覚えてるだろ？　ほら、あの北新宿の、男前の……誰だったっけなあ、あの人。カズくんと同じ歳くらいの……」

ストップボタンも気持ち力を入れ気味に、音を出して弾いた。次にレバーを叩く強度も少し上げながら、言葉を吐く。

「ほら、あの人だって。名前が出てこねえけど、カズくんがすげえ世話になったあの人だよ。誰だっけなあ」

「えっと。リーさん……のことですかね」

「え？　それって、どのリーさん？」

「だから……その……北新宿の、男前で、その……俺が困った時に助けてくれたリーさん？」

それを聞くと、カズくんの肩に腕を回し、一気にトーンを和らげて俺は笑顔を見せる。

「そうそう。大正解じゃねえかよ、カズくん。やっぱカズくん、好きだなあ、俺。そういうことだからよ。ちょっと今回はお互い、気持ち入れようぜ。な？」

「き、気持ち？」

「そうだよ、気持ち。気持ちがなけりゃ、やっていけねえだろ？　すれっからしたこんな街でよ」

カズくんはモジモジしながら右手に掴んだメダルを投入口に入れ終わると、意を決したかのように俺の眼を見据えた。

「リーさんもさあ。そんな不良みたいな段取り踏まないで、言ってくれればいいのに。金でしょ？　ハッキリそう言ってくれれば、ちゃんと頑張りますって。前のこと、俺だって恩義に感じてるんだから。まあ……毎回は無理っすけど」

カズくんから返ってきた答えは、これから俺たちがやろうとしていることの内容とは裏腹に、とても清々しいものだった。

去年だったかな？　カズくん、エクスタシーだって言って、タイ人が密輸したシャブ玉と呼ばれる偽物をとあるホストグループに捌いちまったんだ。

そんなもん、そもそもが違法のブツなのに、損害賠償だなんだなんてなるほうがおかしな話なんだけど、それがそうはいかないのがこの街のおかしなところ。シャブ食ったせいでホストがおかしくなって裏引きしただのなんだのと、不良にかぶれたその店の代表だかなんだかが出張ってきて、バチバチに詰められてたんだよな、カズくん。

店のやつはご丁寧にケツモチまで連れてきて、ホテル街の駐車場で正座させられてた。九州ラーメンで餃子をつまんだ帰り、たまたま通りかかった俺がその場に遭遇し、「何があったんですか？」と首を突っ込んだのがヘルプしてやったきっかけだよ。

代表とやらの言い分は、「うちの店では、誰もそんなものをやっていない」ってことだったんだけど、俺はその店に勤めるホストで2、3人ほどポン中を知っていた。だから、「あいつもこいつもやってますよ」みたいな話をして、そこからなあなあにしてやったことがあるんだ。

あれ、代表のやつも体に入ってたんじゃねえかな、今思うと。長話して押し問答してたら、そわそわしだして、「今日はもういいや」って帰っちまったもんな。

そこから俺に懐いたカズくんだった。今回は恩着せがましい言い方をしたかもしれないが、気持ち、見せてくれるってさ。とはいえ、数字を指定したくはないし、ブツの在庫はネタ元のところにいくらでもあるから、あとはカズくんがどれだけ引いてくれるかだな。

「悪いな。なんか、嫌な言い方しちまったか」

いやいや、とリールと顔の間で手のひらを振りながら、カズくんは会釈する。

無言の時間が続いた。とはいっても、データカウンタはそれから50回転も回っていない。1000円と少し、回したくらいか。

バラエティコーナーでのランデブーを終えて、話もひとしきり済んだわけだが、離れるタイミングが見つからなかった。こいつが思った以上にいいやつで、もうひとつ何か言葉をかけたかったのと、残りの半分はそろそろ出そう、っていうスロット好きの哀しい性か。

しかし、悲しいかな、俺には目の前の演出ひとつひとつを楽しんでいる時間などない。無心で残りのメダルをぶち込み尽くすと、じゃあそういうことで、と席から立ち上がる。

下皿には余った2枚のメダルが置かれていたが、もはやどうでもいい。

「あ、リーさん当たってますよ」

背もたれから取った上着に袖を通している俺に、カズくんが教えてくれた。その時、俺はハローサンタスーパートナカイバージョンって台を打っていたんだ。

ハズレを連続して何回か引くと、ボーナスが当たる機種でさ。確かに美香の金銭トラブルという大きなハズレくじを引かされて俺はここに座ってるんだから、コイツが当たっちまうのも、当たり前だよな。

そんなことを考えていたら、急に笑いが込み上げてきた。

「俺、今日は帰るわ。これ、打っていいぜ」

「マジですか？　マシンガンモードかもっすよ？」

「いいよ。引く量が決まったら電話くれよな」

ハズレが続けば大当たり。正規品じゃねえマカロフしか見たことのない俺でもマシンガンモードだっていうんだから、笑えた話だよ。

＊

瘋癲(ふうてん)同様に好きな暮らしをしていた俺だから、少しでもケジメみてえな話になるなら、ヤサごと変える手だってある。女連れてしばらく東京さようならってしても、別にそこまで格好悪いとは思わない。

面倒だからふたりで体かわそうぜとでも言えば、美香だって「そうだね、リーくん」と言うだろう。

俺はあの頃、何にどういう理由でこだわっていたんだろうな。今でもはっきりとはわからない。

ただ、この街では一度財布のチャックを自分の信念に反して開かされたやつは、ずっと開きっぱなしになるということ。それは今でも常識として俺の中に存在している。

何かに負けたくなかったのか、それとも美香に格好つけたかったのか——。残りの払いは660万。面倒事を回避するために地元を捨てるには高いし、大暴れして懲役に行くには安い。格好をつけるためミヤハラをやるにしても、俺にどんなメリットがあるんだか。そういう損得勘定に長けていたってだけかもしれないな。

土壇場で男の本性が出るなんていうが、俺はいつも腕押しされた暖簾みてえなもん。しっかりした信念なんて持っていなかった。中途半端に凌いでいたかったし、格好のつけ方も中途半端だった。

でも誰かの道具にはなりたくなくて。やっぱり山を返すにしても、例の紙だけは取り返しておきたいところだった。

しかし、それも今はカズくんの返事待ち。その他にダッシュで100万単位を用立てるとなるとなかなか難しい。金利だけはしっかり入れてくる俺の上客たちに無理言って元金を戻させてもいいが、50万がいいところじゃねえかな。必死こいてジャンプしている連中だし、こういうのは肌感でわかるものだ。

一番いいのは木村のオッサンをとっ捕まえることだが、連絡なんか当然つかないわけで、この街特有の浅い関係だった俺とあいつの間では、共有している個人情報がオケラになった日の財布くらいに薄い。それでも一応手がかりを考えてみた時に最初に浮かんだのが、あの職安通りのスロット屋だった。木村のオッサンとも、それに美香とも最初に出会った、デイリーヤマザキの並びの店だ。

金田って兄弟がやっている店だった。店にいるのは兄貴のほう。街で最初の裏スロ屋だったから、ピンとくるネタを持っているかもしれない。

だが、博打屋が客の素性を詮索するのはご法度だし、いったいどこまで知っているのか。そんなことを考えながら歩いていたら、もう大久保公園にたどり着いていた。


植木ビルの裏手では中華料理屋の店員が地べたに腰をついてタバコを吸っている。こいつ手を洗わねえんだろうなとか、路上駐車の黒塗りの運転手くんはどこ出身なんだろうかとか、そんなことを漠然と考えていた。

どうでもいいことをひと通り考え終わった時に、どうして俺はこんなことになっているのかを自問自答してみたんだ。

知らぬ顔の半兵衛で押し通せば済むような話に、ここまで頭を悩まされる俺。そんなに今暮らしている女と地元が好きなのか。

誰かに頭を下げて、借りを作って解決することがそんなに嫌なのか。今の俺なら当然うまくこなすと思うけれど、当時はまだ回り道なんか知らない小僧だった。

思えばこの一件にゴールなんてなかったようにも思うが、この時は真剣になんとかしようと思っていたのだろう。金を作るかそれとも飛んじまうか、あるいは元凶を差し出して俺は関係ねえって言うか。誰かに頼りたくない以上は、そんな3択しか頭に思い浮かばなかったんだ。

金田兄はだいたいオープン1時間前の夜9時には店に顔を出す。飛鳥クリニックを右手に見ながら、俺は職業安定所の先にある立ち食いそば屋で時間を潰すことにした。


この街のファストフードには今も昔もいろんなやつがいる。

何かに追われるようにずっと携帯が鳴っている禿げたオッサンに、無理したアクセサリーを着けている襟足の長いホスト。それに自分が何をしたいのかもわかっていない俺みたいなやつ。

脂がギトギトしたちくわの天婦羅を箸でつまんで、貧乏性で大量にかけてしまう七味で真っ赤になったそばをすする。

これを食ったらまずは木村の情報を探りに行く。それで何もわからなかったらどうする？　泣き寝入りするには大きい金額ではある。

答えを自分だけで出すってのは今も昔も難しいが、経験があるないってのは重要だよな。特に色事なんかも絡んでるもんだから、この時の俺は冷静を装いながらもテンパっていたのは間違いない。

そば屋を出たあと、また職安通りをウロウロしながら馴染みの韓国人のおばちゃんと立ち話をして時間を潰していると、ケツポケットがブルブル震えている。

「1kOKです！」

カズくんから俺の飛ばしのプロソリッドにそんなメールが入った。

俺はすぐに電話を折り返す。

「なあ。前にもメールはやめろっつったろ？」

「すいません、今ちょっと人といて話しにくくて……」

削除し忘れたメールの履歴や、サツがキャリアに開示させたやり取りが証拠になって起訴されたやつはその当時からいた。こういうの、ズボラな人間は徹底できないんだよな。

「いいところのサンプルを選んで渡したのに1本だけかよ。カズくん、調子いい時は2本くらい持ってってくれただろ？　もうちょっといけないかな？」

「こないだ別から引いて撒いちゃったんですよね。これでも頑張ったほうです！即金でワンツーいけますので！」

即金はまあ、ありがたい。しかし3本引いてくれれば仕入れがもっと下がる。カズくんには4500円出しだったから、一発クリアだったたんだけどな。1本だと利益は200万、目標の3分の1以下だ。

「まあいいや、了解。夜いつもの税務署通りの駐車場に行くよ。金はもう手元にぁるか？」

「これからもらってきます。集金3か所あるので」

ネタ元の先輩に連絡を入れる。

客の金でワンツーする時は、十二社通りの隠し倉庫からほど近い税務署通りの人気のない駐車場で取引するのがこの頃の定番だった。

客の金を受け取る、倉庫の下まで運んで取り分を引いて渡す、持ち帰った金を数えたらブツを持って降りてきて、それを元いた駐車場に持っていく——という流れだった。

いかにもコンビニ帰りって見えるように、菓子袋に詰めてしっかり偽装までしてくれるネタ元だった。コンビニ袋には2リットルのペットボトルも入ってるから、不自然ではない。

さて、長い夜になるぜ。金田の店に聞き込みしたら取引して、残りのゼニの算段もしないといけない。

「悪い、今日はちょっと戻るの遅くなるわ。先に寝てていいぜ」

美香に電話を入れておいた。電話を終えるとなんだか照れ臭い気分だ。

だが、これはこれでいい。この幸せが少しでも長く続くよう、タバコも軽いやつに変えようか。なんてことを、当時の俺は柄にもなく思ったんだ。

*

嘘みたいな話だけど、俺は猫くらいの大きさのドブネズミを見たことがある。どこでかって？　この職安通りでだよ。デイリーヤマザキの陰からサッと出てきて隣のビルの裏手に向かって駆け抜けて行ったんだ。

そのビルがここ。金田兄弟の裏スロ屋が入ってる雑居ビルだ。

裏スロ屋なんて、今じゃどの街にも大小含めてさまざまな箱があるけど、あの頃では街にここだけだった。

そんなに流行っていたとも言えなくて、箱も小さいから常連は街で会ったら会釈をする程度には顔馴染みである。そんな距離感の店だったな。

長居することになるかもしれないから、パンでも買って持っていくか。そう思った俺は踵を返し、先ほどのデイリーヤマザキへと戻る。場所柄、ヤクザ雑誌がよく売れるようで、一番の前の列に実話時代が置いてあったり。客層もお察しってかんじだよな。

ガキの頃から好きだったナイススティックをひとつ。昆布のおにぎりをひとつ。パックのコーヒー牛乳をひとつ。たった３００円なのに、この組み合わせはずいぶんうまいんだ。

煤のかかったエレベーターに乗り込む。1フロア5部屋くらいのビルなんだけど、「こんなところで裏スロなんてやって、よくバレないもんだな」と来るたびに思う。監視カメラもなければ二重ロックもない。どこにでもあるような扉のドアノブに手をかける。

「おっ。リーくんじゃない。ずいぶんご無沙汰じゃないの？　パクられたのかと思って心配してたのよ」

金田兄弟の兄は、ひょろっとした陽気なメガネ。街で会っても裏のシノギなんかしているようには見えないだろうな。それもこの商売を長く続けるコツなのかもしれない。

「パクられただあ？　俺がそんな下手打つわけないって。ちょっと忙しかっただけだよ。ところでさ……」

借用書や野球のことを、当然美香のことには触れずに、木村について何か知らないかと聞いてみた。だが、いい反応はもらえなかった。

「木村さん、ねえ。あの人もリーくんと同じくらいご無沙汰だよ。最後に来た時、結構出してたんじゃないかな。女連れで」

あの日か。美香を連れて歩いていたところを、ここの下でばったり会ったんだよな。

「なるほどねえ。実はちょっとワケありで、あのオッサン探してるんだよね。金田さんが知らないんだったら、ちょっと他のお客さんが来たら聞かせてもらってもいい？　あいつ、いろんな客とペラペラ喋ってたじゃん」

「それはやめてほしいな。こんなところで人の詮索なんかされたら、お客さん来なくなっちゃうよ」

「大丈夫、大丈夫。うまくやるって。迷惑かけないようにするから。それに金だって使うよ」

そう言いながら俺は目の前のコインサンドに1万円札を突っ込む。ジャグラーだ。裏モノや爆裂4号機までいろいろ置いてはあるが、時間つぶしだからな。勝つつもりで回すわけでもないし、どうせ負けるなら少しでも戻りがあるこのロムの入ってないノーマルジャグラーがちょうどいい。

光ったり、飲まれたり。しばらく回していて、今はちょうどトントンってところだ。

それにしても、こんな日に限って客の入りが悪い。花道通りの引き屋が連れてくるご新規さんばっかりだ。見た顔でもないし、オッサンの知り合いでもなさそうなのに話しかけるってのもなあ。

「金田さん、木村の仲いい連中、最近来てないの？　あの韓国クラブの人とかさあ」

「来てるけど、みんなもっと深い時間だよ。リーくんだって開店から来たのなんて、今日が初めてじゃない？」

それもそうか。腕時計を見ると、例のブツの集金まであと2時間。そっちの仕事を済ませてからまた来るでもしないとダメかな。

そんなことを考えながら無心でジャグラーを回していると、横の席の男に急に肩を叩かれた。

「なあ。お前、煙たいんだよ、さっきから。そっちの手でタバコ持つな。煙あっちに吐けよ」

「なんだ？　ここに灰皿置いてあっからこっちの手でタバコ吸ってんだよ。禁煙でもないのに何言ってんの、お前」

「知らねえよ。いいか、俺に、煙を、か、け、る、な」

「だから、かけてねえよ。俺はこうやってタバコを吸って目の前に煙を吐いているだけ。なんだお前、因縁つけてんのか？」

俺はさっきまでと同じように左手に持ったタバコに右手で火を点け、深く吸い込み、目の前の盤面に煙を吹きかけた。

「ほらきた。煙の流れ見ててみ？」

「ほらじゃねーよ。それは空気の流れだろ？　エアコンに文句言えって。なあ金田さん、このキチガイ、俺にガタくれてくるからエアコンの向き、ちょっと変えてあげてくれない？」

するとと男は激昂。立ち上がり、上から俺の襟首に掴みかかる。

「キチガイって言ったか、お前？」

「ああ？　気が狂ってないなら、ポンでも食ってんのか？　なんだ汗かいちまってよ、怪しいな」

台詞を言い終わると同時に、俺も立ち上がる。

「ちょっとちょっと、やめてよ、ふたりとも。リーくんも、ええとご新規さんの……なんでしたっけ」

「……純だよ。歌舞伎の純」

それを聞いた瞬間、俺はタバコの煙をむせてしまうくらい吹き出して笑ってしまった。

「アハハ。歌舞伎の純ってお前さ。何もんだテメエ？　自分でそんなこと言って恥ずかしくないの？」

「……歌舞伎の……純だよ。そう呼ばれてんだよ。何が悪いんだ」

少し恥ずかしそうに顔を赤らめたのを俺は見逃さなかった。

年の頃は近そうだ。

せっせと日サロに通って首元には金ネック。僕は悪いんですよってアピールしたそうな気持ちが前面にあふれている。

よく見れば可愛い顔をしたやつだ。タメってよりは、少し年下かな。

「あのなあ。そういうの自分で言ったら安くなるからやめておけよ。お前のことなんて誰も知らないだろ、本当は。だって俺、聞いたことねえもん。金田さん、歌舞伎の純、知ってる？」

「ちょっと聞いたことある、かもしれないかな。ご新規さん、ごめんなさいね。リーくん、やめてよ」

「なんかもういいや、純ちゃん。俺が悪かったよ。そんな有名な人だって知らないで煙かけちゃってごめんね。どうしよう、俺、殺されちゃうのかな」

ニヤニヤしながら俺がそんな台詞を言ったもんだから、激昂したのか、恥ずかしくなったのか、もう顔を真っ赤にしている。

「お前、絶対馬鹿にしてるよな？　ケガしてえのか？」

「はいはい、ごめんなさいね。お詫びにこれどうぞ」

さっき買ったナイススティックをコンビニ袋から取り出して、目の前でヤカってる自称・歌舞伎の純にそっと手渡した。そしたらこいつ、目を丸くして喜んでいたんだ。

「これ、お前も好きなのか？」

「ちょっと次の用事あるから、俺行くわ。また来るよ、金田さん」

歌舞伎町の闇スロ屋で店主にそう告げた俺は、決して衛生的とは言えないドアを雑に開いた。

*

「おい、ちょっと待てよ。まだ話は終わってねえ」

クレジットの精算もしてない純が追いかけてきたが、やつの足が入る前にエレベーターのドアは閉まる。次の用事はブツの取引。あと1時間と少しか。

時刻はてっぺんに近づき、街の住人の顔ぶれも少しずつ変わってきていた。よりよくわからない人間が増えてくる、そんな時間だ。

小滝橋通りに向かってガードに差し掛かる頃、足音に気づいて後ろを振り返ると、まだあいつが追いかけてきていた。

「だから待てって」

「もういいよ、お前の話は。さっき謝っただろ?」

意に介さず歩き続ける俺に、まるでネットワークビジネスの勧誘みたく純はつきまとう。

そういえば、前に新宿駅東口で手相を見せてくださいって言ってきたのが靖国通りまでついてきたことがある。あの時と同じように、蹴り飛ばすでもしないと止まらないのか。

「話聞いてくれよ。実はさ……いや。やっぱいいや」

「やっぱいいや？　なんだそれ。言いたいことあんなら、早く言えって。俺も次の用事あるんだから」

「……お前、いいやつそうだから、やっぱ言うわ。歌舞伎の純って、さっき言ったろ？　あれ実は咄嗟に作ったんだ。誰にも言うなよ」

「なんだよ、しょーもねえ。言わねえよ、そんなこと。それだけか？」

「地元新宿なのは本当なんだぜ？　生まれたのも大久保病院だし」

「お前みたいにハッタリを5分後に自白するやつ、初めて見たよ。変なやつだな。それに、俺も生まれたの、その病院だよ」

生まれた病院が同じ。たったそれだけのことで、俺と純の間に流れる空気が明らかに変わった。

「へー、お前もなんだ。奇遇だなあ。なんかさ、お前、いいやつだな。名前教えてくれよ。何歳？」

　こいつはたぶん、友達がいないタイプだ。俺が名前を告げると、薄暗いガード下でもわかるくらいに白い歯をのぞかせて喜んでいる。

「なんだよ、１個上かあ。じゃあ、リーくん、でいい？」

「だめだめ、さんづけしとけよ、お前は」

「なんでだよう。それくらいいいだろ？」

　これから用事を控えているってのに、まるで犬っころでも拾っちまった気分だ。時間はまだあるから、まあいいか。

　税務署通りへ歩きながら、この野良犬との雑談はしばらく続いた。

「それでさ。リーくん、あそこで何してたんだ？」

「何ってそりゃ、パチスロだろ」

「誰か探してるとか、言ってなかった？　あの店長に」

「ああ、それか。あの店の常連を探してただけだから、新規の純ちゃんにはわからないよ」

　なぜだか妙に打ち解けてしまった純ちゃんに、歩きながらことのあらましを説明した。するとと返ってきたのは予想外の台詞だった。

「あ。リーくん、わかったかも」

「おいおい。そんな簡単にわかるわけねえだろ？」

「木村っていつも横に若い女連れて歩いてるやつだろ、50手前の。銀行口座とか他人名義の携帯売ったりしてる」

こいつは驚いた。純ちゃんが語る木村のオッサンと俺が探してるその男は、大筋で重なっている。それは俺が足を止めるのに十分なインパクトだった。

小滝橋通りのブックオフ前に差し掛かると、純ちゃんの口からさらなる新情報が飛び出した。

「なあ、リーくん。木村の最近のショーバイ、知ってるか？　女にリクルーターやらせてんだよ、あいつ。名前、なんだったかな？　中野のほうに援デリのタコ部屋まであるんだぜ」

こうなるともう間違いない。断片的にあった情報がすべて合致している。しかし東中野のタコ部屋は美香が逃げてきた先だったはずで、そこにも木村が噛んでいた？　いったいこれはどういうことだ。

ただ灯台下暗しとはこのことで、そもそも俺は美香にこのことを聞くのをすっかり忘れていた。無意識にあいつを巻き込まないように、考えていたのだろうか。

「悪い、純ちゃん。ちょっと待っててくれ」

ポケットから電話を取り出して短縮番号1に入っている美香に電話をかけた。

「あのよ、前に言ってた援デリのタコ部屋あったじゃん。あれって木村関係あんの？　あと、そこ入れられる時に女のリクルーターみたいなやつ通した？」

「え？　木村さん、あそこ関係あったの？　そんな偶然あるのかな。私があそこに入れられたのは、前にリーくんに説明した通りだよ。怖いお兄さんの財布からお金抜いたの、見つかっちゃって……」

「女のスタッフみたいなやつ、いなかったか？　勧誘の。タコ部屋に来る女を斡旋してるような」

「え、いたかな。ちょっとわからない」

「じゃあ、木村とつながったのは偶然ってこと？　そんなマンガみてえなこと、あるワケねえだろ。なんかもっとこう……思い出してみてくれよ」

「うん。でもさ、お金の件は大丈夫なの？　ごめんね、私のせいで。またエリミン捌く仕事、もっと頑張るよ？」

電話をそっと閉じてふたつに畳む。美香が知らないとなると、本当によくできたマンガだよな。

しかし初対面の見知らぬ誰かがまた別の誰かを通じてつながっているなんていうことは、よく考えればこの街では日常茶飯事か。事実として今、目の前にいる純ちゃんでさえ、俺が探している木村を知っていたではないか。

「純ちゃんよう。なんで木村のこと知ってたんだ？　ていうかシノギ、何してんの？」

「わかるだろ？　花道の引き屋だよ。カスリもきついし気に入られるために情報屋みたいになっちまってさ。これでも、最近重宝されてんだぜ。だせえ立ち回りかもしれないけど」

「そうか。ただなあ、別に不良付き合いすんななんて言わねえけど、お前は何がしたいの？　さっき歌舞伎の純ってフカシたよな。何者かになりてえなら、もうちょっと違うやり方あるんじゃねえの？」

まるで自分自身に言っているようだった。

そうなんだよな。

この街は序列にずいぶんと厳しくてさ、自由にやりたければ誰に何を言われても話を付けられる財力を持つか、誰にも止められないキチガイ具合を見せつけるか。

後者はだいたいどこかで行方不明になる。前者は歌舞伎町のグリンピースで設定

6を掴むよりも難しい。

たとえるならさ、ゴトやって、場合によっては換金所叩きして。そんな期待値マイナスのこの世界で生きているのが、俺たちみたいなチンピラなんだ。

なんだか鏡越しに自分を見ているようだった。目の前で火の点かない100円ライターをずっとこすっている純ちゃんに、俺はパチモンのデュポンのライターを貸したんだ。本物同然の音を鳴らしてよ。

*

吸いかけたタバコは道端に捨てた。路上喫煙もポイ捨ても気にする余裕なんてまだなかったし、指先で弾いたハイライトは数メートル先の壁に当たって落ちた。

「本当についてくんのか、お前」

「別にいいだろ。それとも女にでも会うのか？」

事実を告げたとしても、こいつはどうも思わなそうだ。それでも普通は初対面の人間に「これから大麻のバイがあるんだ」なんて言うもんじゃないよな。しかしどうしてか、言っちまったんだ。

言わされた、とはまた違う。つい本音を話してしまう。そんな人懐っこさが純ちゃんにはあった。

「まああれだよ。草もらってきて渡す、そんな用事。おもしれえこと、ひとつもねえぞ」

思っていた通り、返ってきた言葉は軽い調子。

「なんだよ、そんなシノギしてるの？　なんかの縁だからシキテンくらいしてやろうか？」

「いやいや。お前みたいなのにテン切られたんじゃ、余計怪しいよ。職質されそうな面じゃんか」

断ってはみたものの、ああでもない、こうでもないと言いながら純ちゃんはついてくる。旅は道連れ世は情け、なんて言ったもんだが、気はいいやつでも厄ネタのような気がしてならない。そんな勘繰りと葛藤したまま、俺は歩きだした。

3本目の歩きタバコを吸い終わった頃に、目的地が見えてきた。十二社通り沿いのボロマンション。それを見渡せる小さい公園に入り、先方へ電話をする。

「もしもし。今着いたんでエントランスで待ってますね。はい、金は長くても30分ほど待ってもらえれば」

電話をまたポケットにしまう。慣れた動きとはいえ、やっぱりこういう場面はいつまでたっても緊張する。

なにせ営利が免れない量だからな。緊張を和らげるように、またタバコに火を点ける。キィーン。パチモンのデュポンの美しい音色が通りに響き渡る。

「純ちゃん、タクシーを反対車線に止めておいてよ。成子坂下まで出てさ、拾ったらここでツレ待ってるとか、うまく言っておいて」

「オーケー。任してくれよ。いくらとは言わないが、ゼニちょっと回してくれよな」

はいはい、と言いながらブツを受け取りに歩きだしたが、分け前を回すほどの余裕が今の俺にはない。このライターでも渡しちまうか。本物ってことにしてよ。

後ろから来た車が見えなくなり、交差点の信号が赤になったタイミングでビルのエントランスに入る俺。しばらくすると、見慣れた顔がエレベーターから降りてくる。

手にはコンビニ袋。ポテトチップスにミネラルウォーター、パイの実なんかの甘いものも少々。道を歩いているぶんにはまったく問題ない仕様だ。仮に職質されても、袋を手渡したところでミネラルウォーターの重さがポテトチップスの袋の中に隠された1キロのブツの存在感を消してくれるんだ。このうすしお単品で手に持たれたら、言い逃れはできないがな。

「じゃあ、気をつけて」

男はすれ違いざまにそう言うと、通りを右に曲がる。俺たちは現場では多くの言葉を交わさない。エレベーターを昇り降りしただけじゃ、防犯カメラを見られた時に気まずいから、男は公園でも一周してくるのだろう。ただコンビニ袋の所在が俺の左手に移った、というだけの話だ。

多少のタイムラグを作って俺も表に出る。予定していた場所では、作戦通りにハザードをつけた日本交通のタクシーが止まっていた。

依然として人通りはないが、焦って小走りになることもない。堂々とコンビニ帰りのよくいる兄さんを装ってタクシーの後部座席に滑り込んだ。

「おせえよ、リーくん」

「ごめんごめん。メーター上がっちまった?」

「それほどではないけど。買い物、ちゃんとできたのか?」

「おう。みんなのぶんも買ってきたぜ。運転手さん、Uターンして税務署通りに行って」

走りだす車の中で「宅飲みは久しぶりだな」なんて白々しいセリフを純ちゃんがつぶやいた。目と鼻の先の目的地で車を降りた俺たちはコインパーキングに身を潜める。カズくんのマンションはこの隣の建物だ。

「おい、早く来いよ。着いたぞ」

3分もしないうちにカズくんは現れたが、この時間だけはどうにも緊張するよな。大量のブツを持って路上。薄着で南極に放り出されたかのように寒い状況だ。

茶封筒ふたつを素早くポケットにしまうと、コンビニ袋をカズくんに手渡し、やつがマンションに入ったのを見届けてやっと一件落着だ。

もうよろしくないモンは持っちゃいねえ。安堵感から本日何本目かのタバコを吸おうとすると、最後の1本だった。空箱を握りつぶして丸めて、駐車場の隅にポイ。

「なありーくん。今のって区役所通りのバーのやつだろ？　ミニストップ入ったところの……」

「え、なに。知り合いなの？」

「顔見知り程度だな。あいつ、速いの以外もいじるのか。そっちは触らないと思ってたけどな」

「え？　カズくん、シャブ触ってるの？　それなりに付き合いしてきたけど、聞いたことないぜ？」

「してるしてる。あそこのバーのアイスボックス、テンサンのパケたくさん隠されてるんだぜ。アイスだけに」

「まじかよ。お前、なんでも知ってるんだな」

歩きながら200万と250万が入った封筒を、220万の封筒と230万の封筒に分ける。ちょっとだけ薄いほうが俺の取り分だ。

「なあ、いくら儲かったんだ？　教えてよ、リーくん。俺にもチップくれる約束だろ？」

さっきまでハイエナにしか見えなかった純ちゃんだが、この大きな耳は以外と使えるかもしれない。そんな気がした俺は、背に腹は代えられない事情を横に置いて、ズクをひとつ手渡してやった。

「さすがリーくん、気前がいいな。俺、なんでも手伝うぜ。木村のオッサンでもなんでも探してやらあ。任せてくれよ」

たった10万ぽっちでも、純ちゃんは小躍りしそうな勢いだ。ファーストインプレッション、第一印象はただのフカシ小僧だったってのに、1時間もしないうちに見え方がこんなに変わるんだから面白い。自分を大きく見せようとコワモテ風のファッションに身を包んだその姿ですら、この街を生き抜くため純ちゃんなりに考えて選んだ鎧なんだと思えてくるもんな。

「とはいえ、木村のオッサンの手がかりっていったら、東中野の部屋ってのくらいしか残ってないよな。うーん。そこを待機所にしてるような援デリグループ、知らないかよ？」

「心当たり、あるぜ。リーくんともあろうものが思いつかないなんて、どうかしてるけどな」

意味深な台詞を言い放った純ちゃんは金ネックレスをジャラつかせながら、青梅街道のほうに歩いて行った。

坂の上からは肌を刺すような冷たい風が吹いてくる。あの高い建物からのビル風のせいだろ？　畜生、上から見下ろしやがってよ。

＊

「え〜。歩きで戻るのかよ」

スポーティなセットアップのわりに、たった2キロくらいの距離を歩きたがらない純ちゃん。ぶつくさ不満をこぼすこいつを置き去りに、俺は歩き始めた。目的地はさきほどブツを仕入れた先輩のマンション。その代金を支払うためだ。

たかが1キロの大麻のバイっていっても、預り金なしでネタを先に渡してくれるのは、それなりの信用が俺にあるからだろう。今、手元にあるのは仕入れにかかった金を含めて430万。あと200万もあれば美香の借用書をチャラにすることはできるが、それとこれとは分けて考えなきゃいけない話。時間がないわけではないし、どうせ渡すゼニならさっさと渡して次の展開を考えたいところだ。ここでパクりかましてて動きにくくなっても仕方ないしな。

「なあ。今からネタ代払いに先輩のとこ戻るけど、下で待っててくれるか?」

少し歩いただけなのに額に汗を滲ませる純ちゃんに俺は言った。

「別に一緒に行ったっていいだろ。今さら除け者かよ」

「あのなあ。向こうだってこんな金のやりとり、見られたくないだろうが。それくらいわかれよ」

「リーくんの先輩って、十二社通りで卸しやってる人だろ? 案外、俺だって近いかもしれないぜ？」

「何言ってんだ、お前。そんなヨタばっか飛ばしてると、歌舞伎の純じゃなくてフカシの純って言われちまうぞ」

くだらないやりとりを純ちゃんとしていたら、目的地のマンションに着いた。エントランスに入った俺は純ちゃんに目配せし、遠ざかるよう合図を送った。

部屋番号を入力すると、プツッと音が鳴って自動ドアが開く。驚いたのは、純ちゃんもついてきたことだ。

「おい、お前、何考えてんだよ」

「大丈夫だって、余計なこと言わないから。早く用事済ませて本題に入ろうぜ。木村のオッサンをつなぐヒント、知りたいだろ？」

本当に食えないやつだ。まあいい。ここで押し問答するのも面倒だし、さっさと済ませてしまおう。

半ば呆れた俺は先輩宅のドア前まで来ると、コツコツと2回、扉を軽く叩いた。錆びた音を立てながらドアが開く。内鍵のチェーンの間から俺を確認すると、後ろにいた純ちゃんに目が向けられた。

「誰だ、そいつ？」

「ええと……テン切ってもらってた後輩なんだけど、通りにデコっぽいの何人かいたから連れてきちゃって」

咄嗟にありがちなストーリーを口から吐いた俺。

「まあいいや、入れよ」


それにしても、こんなありきたりなワンフロア何室の分譲マンションに、ただ1部屋だけ外に監視カメラがついている。逆に怪しくないのだろうか。リビングのソファに腰掛けると、ふとした疑問を問いかけてみた。

「ねえ先輩。外のカメラ、逆に目立っちゃう気がするんだけど、いいんですか、あれ」

ダイニングテーブルの上に置かれた、廊下を写すモニターに目をくれながらそう言うと、先輩はきょとんとした顔。

「ちょっと浮いてるくらい、24時間廊下が見渡せるメリットに比べたらなんでもないだろ。これよう、留守の時もバッチリ録画してくれるから、内偵っぽいやつ来るとわかるんだ」

そんなもんなのかな、と思ったが、実際この人は一度もパクられてない。売人には売人の感覚があるのかもしれないな。前がなくてマッサラってのは、それだけで正義。そんな業界なのは事実だ。

「ああ、そうだ金。今回もありがとうございました」

封筒をテーブルに置き、左、右、真ん中とちょんちょん右手を振りお相撲さんのように手刀を切った。実際に受け取るゼニはすでにポケットの中で、支払う段でこの順番は逆だが。

「ご苦労さん。今バンバン入ってきてるから、また頼むよ。安くするからさ。客の評判いいだろ?」

「そうですね。でも最近入ってきてるパープルクッシュやマスタークッシュより、ブルーベリーに戻してほしいって客も多いかなあ」

男は密輪グループの元締めで、西本くんって地元の先輩だ。密輪の手口の発明家みたいな人で、これがまたいろんな手口を編み出すんだ。

草をむせるほど吸って飛んだ時に思いつくらしい。

シャブでドンギマった時に思いつく何かってのは、たいがいロクなもんじゃねえが、紙で曲がった時、草でハイになった時は何かが降りてくるらしい。そんな気がするだけかもしれないが、俺もそんな気がするんだから仕方ない。

今やってるのは、もっぱらカップル密輸。ＨＩＳのディズニーランドツアーに掲示板で集めた男女で即席カップルを作り、渡航させる。ディズニーで大量にお土産を買わせてホテルに戻らせるんだ。そこに現地スタッフが出向き、お土産袋にクッキー詰め合わせの缶を追加する。もちろん中身はクッキーじゃねえ。人を殺せるくらいかっちんこっちんにプレスされた上物の大麻だ。１キロが少年ジャンプの半分くらいのサイズで、１つのクッキーの缶にその板切れが２枚。密封に密封を重ねているから、匂いなんかは当然出ない。

この手口がなぜかオールスルーっていう謎の現象があってさ、西本くんは「ＨＩＳのディズニーツアーのカップルは荷物見られない」なんて仮説を真顔で説いていた。

そんな西本くんの唯一の失敗はゴルフクラブのシャフト部分にコカインをパンパンに詰めたゴルフバッグ密輸。犬が吠えたかなんかでバレて、パクられこそしなかったものの、かなりの金銭的損害を負ったらしい。出直しってかんじで今は大麻専門でやっている。

西本くんが純ちゃんに目線をやると、こう言った。

「で、君、名前なんていうの？」

「あ、リーくんの兄弟分の純です。西本さん、よろしくお願いします」

おいおい、いつから兄弟分になったんだ。面を食らった俺が口を挟んだが純ちゃんは悪びれる様子が一切ない。

「誰かに似てるんだよな。純くん、だっけ？　苗字は？」

「武村です」

「えっ、もしかして武村くんの弟さん？」

「だから俺、苗字言いたくねえんだよ。俺は俺で凌いでいるのに、なんでも兄貴のおかげになるしよ」

やっぱりそうだ。初対面の見知らぬ誰かが、また別の誰かを通じてつながっているなんていうことは、よく考えればこの街では日常茶飯事。そうなんだよ。1日に2回も同じことを思うなんてな。

まるで分別されてねえごみ箱の中身みたいに、生ごみも空き缶も、丸めた紙切れも同じ雑踏の中で混ざり合っていて、どいつもこいつも同じごみ溜めで生きている。それがこの街の暗部だ。

「よし、一服するか」

西本くんが無造作に差し出したブラントには火を点けず、申し訳なさそうに俺は言った。

「今日はそんなテンションじゃなくて。お気持ちだけで」

だってそうだろ？　まだ何も終わってねえのに、目ん玉真っ赤にしてられっかよ。

＊

「あの武村くんの弟さんとこんなところで会うとはなあ。ずいぶん顔見てないけど、元気してるの？」

目いっぱい吸い込んだ煙を換気扇に向けて大きく吐き出した西本くんは、懐かしそうに純ちゃんに語りかけた。

「兄貴には俺も会ってないんですよ。3年くらい前から」

「ああ。ちょうどゲソつけたくらいか。ギャングのリーダーから天下の唐仁組だもんな。チームの後輩だった俺たちとしては、ヤクザなんてやらないであのまま突っ走ってほしかったけど」

話についていけない俺は、咄嗟に質問を投げた。

「え？　こいつの兄貴ってそんなに有名なんですか？」

「有名って……まあ、俺たちの世代では1番か2番くらいに名前が売れてた人だよ。武村くんは俺の2個上だから、お前からすると7個も違うのか。それじゃわからないかもな。出たり入ったりも多くてさ。最後はたしか3～4年打たれて、出てきてすぐヤクザになったんだ。今は偉い人のお付きやってるみたいだぜ」

飲みかけのスコールを手に取った俺は、それを口に運んで続けた。

「なるほど。西本くんたちがガキの頃に悪くて有名だったかんじ？」

「そうだな。喧嘩もめっぽう強かった。武村くんのヤキが嫌で地元飛んだやつ、何人もいるぜ」

お前の兄ちゃん、すごいじゃん。そう言おうと思って純ちゃんの顔を見ると、露骨に不貞腐れていた。

「やめろよ。あいつをそんな持ち上げんな。兄貴は悪いなんてもんじゃねえよ、悪魔だ。俺もお袋も、あいつのせいでどれだけ迷惑してきたか……家族まで巻き込んで……トラブルを山積みにしてさ。自分だけヤクザになって逃げたんだ。なりたくてなったんじゃねえよ。逃げ込んだだけだ」

そう吐き捨てた純ちゃんの横顔は、悲しさとも口惜しさとももとれる翳り(かげ)が落ちていた。

誰でも背中には見えないリュックを背負っている。その重さは本人にしかわからない。

まあでも、これもあるあるだよな。どこにも申し開きができなくなるまで追い込まれた人間がヤクザになって看板を壁にするってのは、この街じゃよく聞く話だ。

まだいくらか不貞腐れた顔の純ちゃんが言った。

「そろそろ行こうぜ、リーくん。俺たちには片づけなきゃいけない用事、あるだろ?」

次も頼むぞ、という西本くんの声を背中に部屋を出た。スパイシーな匂いが外に漏れないよう、ドアは素早く閉めた。

深夜の十二社通り。青梅街道から曲がってくる車は流しのタクシーくらいで、遠くに見えるビル群とは真逆に、静けさが漂う。

そうだ、タバコを切らしていた。コンビニに向かいがてら、さっきから気になっていたことを聞く。

「で、木村のオッサンの手がかりってなんだよ? ずいぶん自信ありげな様子だけど。当然中身はあるんだろうな」

「なあに、簡単なことさ。リーくん、探したいのは東中野にタコ部屋を持つ援デリ業者だろ？　そいつら、どうやって集客してると思う？」

「どうって……ＰＣＭＡＸとかの掲示板に書き込んでカモ呼び寄せるんだろ？」

「じゃあさ、東中野にいる客を俺かリーくんが装って、すぐ来そうなやつ、呼べばいいじゃん。で、ノコノコ来た女から話を吸い上げる。なんなら、ちょっとガタくれて揉めちまったっていい。あのへんの援デリ、どうせ兄貴の組が面倒見てそうなのが厄介だけど」

だったら、初めからその兄貴に聞いてくれよ。そう言いかけたが、言葉にするのはこらえた。「名の売れている兄にうだつが上がらないチンピラの弟」と世間から見られていることに、純ちゃんがコンプレックスを感じているのは間違いない。そこらへんの機微を汲み取ってやるくらいには、この男に気を許している自分に驚いた。俺はもう、こいつを仲間だと思っているのかもしれない。

後ろから来たタクシーを停め、ふたりで乗り込んだ。

「運転手さん、悪いけどラジオ止めてくれよ」

「なんでだよ、リーくん。音楽くらい、別にいいだろ？」

俺は、聞きたくない音を垂れ流しで聞かされるのが昔からあまり好きじゃなくて、この目で見たいもの、耳で聞きたいもの、そういうのを自分で選んできたつもりだ。まあ、そうしてたどり着いたのがケツに火のついたチンピラ稼業だっていうんだから、偉そうに言える話ではないが。

窓の外を流れる対向車線のライトの数以上に、世の中にはいろんな生き方がある。俺は道を外したのか、外していないのか。そんなことをぼんやり考えていたら、目的地に到着した。

東中野にラブホは1軒しかない。援デリ業者がここらを拠点にするなら、送りが歌舞伎町まで援デリ嬢を飛ばしているはずだ。

純ちゃんの作戦はとても単純だった。東中野のタコ部屋から女が来るなら、東中野で待ち合わせすれば、5分も待たずに女が来る。それなら9割、件のアジトの女だろう――といったものだ。雑だが、なるほど筋は通っている。

援デリの女はあくまでも素人を装ってくる。近場なので送りがつくかは五分五分(ごぶごぶ)だが、車を停めるならここだというポイントに純ちゃんが待機。女との待ち合わせは俺がすることになった。

ふたりして出会い系の掲示板とにらめっこする。

「なありーくん。これ打ってるの、男なんだぜ？　知らなかったろ」

得意げな顔で画面と交互に俺の顔をチラチラ見てくる純ちゃん。ただ、そんなのはこの街じゃ常識で。突っ込むのも野暮だと思い、俺はこの可愛らしいパートナーをあえて乗せてみることにした。

「まじかよ。じゃあ、この絵文字も男が打ってるってこと？　お前、なんでも知ってるんだな」

そう返すと、鼻腔を少し膨らませながら純ちゃんは饒舌に語り出した。

「打ち子っていってな。客取りまで男のバイトがやるんだ。女はただ仕事が入ったら現場に行って股開くだけ。それでよう……」

純ちゃんがさらに顎を回し始めそうになった時、メッセージに返信があった。

「私も東中野住みだから、すぐ行けるよ」

後ろに見慣れない顔文字が添えられたメッセージに、俺は素早く返信する。

「今、西口でゴハン食べてます。ホ別、3でどうですか？」

相場が1万5000円なのは知っていたが、素早く釣るため、そしてもしこの女が件の部屋から来るのなら、高めに設定しておけば見張りに送迎がつくのではないかという考えからだ。

さっき買ったばかりのタバコの封を破いて一服入れる。ストレスと緊張感ってやつは、こいつの本数ばかり増やしやがる。

もう肺の中はどうせタールで真っ黒なんだろうな。まるで誰かさんの腹の中みてえによ。

援デリの女を待つのに空いた、わずかな時間。純ちゃんが俺に尋ねてきた。

「リーくん、ちょっと聞いていいか？　なんだって木村なんかを血眼になって探してるんだよ」

午前2時を過ぎた街は、街そのものが寝息を立てているかのように静かだ。純ちゃんの少しかすれた声が人気のない路上に響く。

「くだらねえこと言ってねえで女、釣るぞ。指、動かしてくれよ」

ガキの頃からのツレならともかく、こいつとは今日知り合ったばかりで事情を説明する義理はない。そんな思いが頭をかすめたが、なんだか面倒になって――俺は事の顚末を簡潔に伝えた。

美香とは歌舞伎町の闇スロ屋の前で知り合ったこと。木村から小銭と引き換えに身請けしたこと。家までついてきた美香が思いがけず居着いてから、もう2か月は経つこと。その暮らしを俺はわりと気に入っていること。そしてある日、ヤクザが家に乗り込んできて500万の借用書を押し付けてきて、それには木村も深く関わってること――。

ものの3分もかからなかったと思う。だが、それで十分だった。神妙な顔つきで聞いていた純ちゃんは、こう言ったんだ。

「女の借金拭いてやろうなんて、リーくん、さすがだな。わかった。木村のオッサン、トコトン追い込んでやろうじゃないの」

興奮した面持ちで肩をグルグル回す純ちゃん。ぱかっと開いたガラケーに目を落とすと、件の女から返事があった。

「急いで支度して行きますね。10分もかからないと思います」

女から来たメッセージを純ちゃんにも見せる。打ち合わせ通り、車を停めそうなポイントに純ちゃんが張り込み、俺はホテル前で待ち合わせをすることになった。

「リーくん、これに番号打ち込んで鳴らしてくれ。車が来たらすぐ合図出すから」

そうだったな。こいつの携帯番号さえ、まだ知らなかったんだ。


こうして俺たちは携帯電話の番号を交換して、二手に別れた。

ひとりになった俺はラブホテルの入り口近くでタバコに火を点け、女を待った。

ほどなくして純ちゃんから着信が入る。

「来たぞ。やっぱり車だ。女は紺のダウンに花柄のワンピース着てる。顔は、まあまあかわいい」

この女、タイプかも……という純ちゃんの声を遮るように、俺は電話を切った。

緊張感のないやつだと呆れると同時に、乾いた笑いがこみ上げてくる。

その直後、女が目の前に現れた。純ちゃんが言った通りの服装だ。掲示板では20歳と言っていたが、もっと若そうにも見える。

「だいぶ待たれました？　寒いのにごめんなさい」

「いや、いいんだ。謝るのはこっちのほうになるかもしれないんでね」

吐き捨てたタバコをつま先ですり潰しながら俺がそう言うと、キョトンと首を傾げる女。その刹那、静まり返っていた路上に怒号が湧き起こった。純ちゃんだ。

「んっだら、○※@▽●◇※@らあ！」

遠くでドライバーに食ってかかってる様子が伝わってくる。

「え。これどういうことですか。お兄さんたち何なの」

さっきまで笑顔だった女の顔は引きつっている。

「ちょっと責任者と話したいだけだ。乱暴なことするつもりはないから、協力してくれよ」

「は？　警察呼びますよ」

そう言われた瞬間に、俺は女の携帯を取り上げた。

「お巡りさんね。呼んでもいいけど。ここから何か出てきて、君も帰ってこれなくなるんじゃないの」

電話をヒラヒラさせながら、俺は少しドスを利かせて言った。

「そんな警戒しないでくれよ。別にタタキに入ろうとか、そんな話でもねえんだ。ちょっと聞きたいことがあってさ。あれ、君のとこの送りの車だろ？　俺も乗せてもらおうかな」

女の反応を窺う前にスタスタと歩き出す。携帯は取り上げたままだ。

車のほうはすっかり静かになっていて、純ちゃんがやられたのかと一瞬勘ぐったけど、違った。手際のいい純ちゃんはドライバーを制圧していたようで、もう車に乗り込んでいた。ただなぜか、運転席に座っている。

「危害は加えないし、金も払う。いったん事務所に戻ろうか」

訝しがる女を説得した俺は、後部座席に女を押し込むようにして乗り込み、純ちゃんに言った。

「お前、普通そこは助手席じゃないの？」

「だってよう。違うとこ行かれたら困るだろ？　だから俺が運転しようと思って」

「でもお前も場所知らないだろ？」

「だからそれはこいつに聞いてだな……」

助手席には援デリのドライバーが青ざめた表情で座っている。

「じゃあ、そいつに運転させるのと変わらねえじゃん」

結論から言えば、目的地はナビにしっかり入っていた。山手通りをちょっと入ったところにある、ファミリータイプのマンション。こんなところに援デリの事務所なんて、一般ファミリーは迷惑だろうが、ある意味こいつらも街に捨てられたファミリーなのか。

「何号室だよ」

「……403です」

純ちゃんに相当カマされたのか、ドライバーの男は従順だった。ふたりを連れて事務所に上がり込む。

「あらあら。こんなに若い子たくさん揃えちゃってどうしたの？　お泊り会かな？」

ドアを開けるなり、ニヤニヤした純ちゃんが言った。すると飛び出してきたのは、雀荘にでもいそうな不健康そうな若者だった。

「誰だよ、あんたたち」

「客に決まってんだろ。そうだ、3万渡すの忘れてたな」

ポケットから万札を3枚取り出して、それを宙に放つ。

「さてさて、話を聞かしてもらおうか。木村、何時に来るの？」

カマかけから入ることにした。

「えっ。オーナーの何かですか？」

ほらな。スーパービンゴの3桁当たりばりのビンゴだ。木村の名前に思いっきり反応している。「ほらな」と言わんばかりの表情で、純ちゃんも俺を見てくる。

「兄ちゃんさ、まずこの時間に木村に電話して不自然か不自然じゃないか教えてくれよ。あんだろ、お前らなりのルーティンってもんが。運転小僧もそっち座れ」

この兄ちゃんには悪いけど、場面ではある程度恐怖を与えないと嘘をつかれる。

俺は雀荘野郎の頭髪を掴んで引きずり倒した。

「やめてください、深夜帯はオーナー来ないです。面接でもないと」

「じゃあ面接あるって言えばいいじゃねえか。呼んでくれよ」

「自分たちは募集はやってないので無理です。美香さんからオーナー呼ばないと不自然ですよ……」

視界の外からオーバーハンドのフックを食らったような気分。相手の動きは見えていたはずなのに、これだけはあってほしくないという気持ちから見ないようにしていた角度からそいつは飛んできた。

ああ。やっぱりこうなっちまうのか。ハッピーエンドってやつが今回はきっと見つかる。そんな幻想を、どこかで信じてたんだけどな。

西本くんとこで1本吸ってこなくて良かったよ。入れてたらバッドトリップは確定だったからな。

＊

「美香？　美香。お前、今、そう言ったよな？」

援デリで電話番をしていた兄ちゃんの首根っこを掴んだ俺は、努めて冷静に言ったつもりだった。だがダメだ。どうしても頭に血が上っちまう。テーブルにあった灰皿を掴み、もうひとりがいる台所のほうにぶん投げると、それは冷蔵庫の角に当たって砕け散った。

「黙ってたら何もわからねえだろうが！」

10畳ほどのリビングがある手狭な1LDK。4、5人いた女は下を向いて黙りこくってしまい、すっかりお通夜モードだ。

「これはスッキリするまで帰れないなあ、リーくん。よう、兄ちゃん。荒っぽいことと苦手そうな顔してるな？　俺だって別にそんなことしたくないよ。知ってること、包み隠さず話してみろ」

絶妙な間合いで純ちゃんが会話をかぶせてきた。そうだ、カリカリしている場合ではない。この援デリボーイが言う美香と俺が知る美香は、本当に同一人物なのか。それを確かめなくてはいけない。

「おい、小僧。美香さんってのは、身長どれくらいだ？」

「身長、ですか。１６０センチあるかないか」

「髪型は？」

「少し茶髪がかってますが、そこまでギャルっぽくないというか」

「肌の色」

「白です。色白です」

「……睡眠薬とか、触ってるか？」

「はい。飛鳥クリニックってとこで大量に処方してもらってるって言ってました」

そうだよな。ここまで来て別の美香さんでした、って展開を望むのも無駄だよな。天井間際だと、ちょっとした演出でも当たっちまう。それと同じことだ。

じゃあ、木村のオッサンとはどんな関係なのか。その答えを聞きたいのは、こいつの口からではない。

二つ折りの携帯を手早く開けた俺は、短縮番号1を押した。すっかり深夜だったが、いつもならあいつは例のプロジェクターでDVDでも観ながら、吸いかけのジョイントに火を点けている頃だ。

「どうしたの、リーくん。お仕事終わったの？　ゴハン、できてるよ？　パスタ作ったんだ」

気怠そうな様子で電話に出た美香の声を聴いて、逡巡しなかったわけではない。だが言わなきゃいけなかったので、聞いた。

「今、東中野にいる。来れるか？」

「どうして東中野なの？　リーくん遅くなるなら、私、メイク落として寝ようと思ってたんだけど……」

「それ、俺の口から言わせるのかよ」

「ええと。どういう意味かな？」

「そうじゃねえだろ。とぼけるのはやめてくれ。理由があって嘘ついてるならよ、それを説明すればいいじゃねえか」

「……わかった。支度して向かうね？　20分もかからないと思う」

この時交わした会話は、こんなものだったと思う。ツー、ツーと切れた電話から耳をしばらく離せなかったのは、少なからず動揺していたからかもしれない。

「はい、みんな注目。全員持ってるケータイ出して。言うこと聞かないやつは、これだ」

純ちゃんは握りこぶしを見せつけたかと思えば、今度はその手をヒラヒラさせながら女たちのほうへ近寄っていく。

「2個上の先輩がよう、女はグーで殴ったらダメだって言ってたんだけど、平手の場合はいいのか？　なあ姉ちゃんわかる？」

重くなる場面を察知したのだろう、純ちゃんが間をつないでくれた。威圧的な態度の中にも少しだけとっつきやすさのあるその素振りに、不思議と皆が従った。俺ひとりだったら、ケツかデコを呼ばれていたかもしれない。

「リーくん、こっちは俺に任せて、美香ってのに集中しろよ」

ここはこいつに甘えよう。さっき買ったハイライトを1本咥え、深く吸い込んでみる。まるで味がしない。

ああ。本当にこんなところに来るんだな。押しかけておいてなんだが、ドン・キホーテで揃えたような安っぽい家具がぽつぽつと置かれただけの援デリの事務所を見渡しながら、まるで処理が追い付かない感情の渦に飲み込まれないよう、息継ぎをするようにタバコを何本も吸い続けた。

電話からきっちり20分経った頃合いだったと思う。薄汚れた金属製のドアが開くと、少しこわばった表情をした美香が現れた。

「……お待たせしました。ごめんね、リーくん。全部私が悪いよね」

しおらしく頭を下げる美香だったが、ごめんねの意味が俺にはまるでわからない。

「どこからだよ。どこからが嘘なんだ。意味が全然わからねえ。お前、漫画喫茶で不良の財布パクったのがバレて、このタコ部屋に連れてこられたんじゃなかったのかよ？　そう言ってたろ？」

「そう……だね。リーくんにだけは知られたくなかったな。せっかく新しい自分になれそうだったのに。もう、猫もかぶれないね」

美香がわかりやすく、不貞腐れた声を出した。短い期間とはいえ、一緒に住んでいた間には見たこともない雰囲気だ。

「何が本当かなんて、リーくんが決めればいいよ。ただ、リーくんが好きって言ってくれた私は私じゃない。思ってるより、だいぶ薄汚れた女だよ。ここの仕事にも携わっていたし、お金のためなら、たいていのことはしてきた。ごめんね。借金、押し付けたかんじになっちゃったのも、悪いなって思ってるよ。でもあれがどうしてできたかなんて、説明できなかったの」

もはや、木村と援デリをやっていたことを隠そうともしない美香。だがこいつは別の肝心なことを隠そうとしている。

「姉ちゃん、それはないだろ。リーくん、あんたのために金策に走り回ってんだから。せめてちゃんと答えてやれよ。木村ってのとは、どこまでグルなんだ？　500万ってなんの借金なんだよ？」

核心を突いたのは純ちゃんだった。横入りしてきた新顔に美香は一瞬、キョトンとしていたが、

「ああ、これ。ツレの純ちゃん」

と紹介すると、俺たちの関係を察したのか言葉を続けた。

「……まあもう隠すことないもんね。きっと想像通りなんじゃないかな。リーくん

にこんな話したくなかったけど、私もウリやって生活してたしょーもない女なの。それが、『歌舞伎町でフラフラしている女のコを探してきて、そのコらをここで働かせれば、自分で客とらなくても稼ぎになるよ』なんて言われてさ。要はこの箱のスカウトだよね。集めてきたコたちをクリニックに行かせたり、それを売る時にはピンハネしてお金稼いだり。あはは。私、めっちゃやばいやつだよね？　どう？　幻滅どころじゃないよね。まだ続き、聞きたい？」

「リーくん、この女よう！」

激昂する純ちゃんを左手で制したのはどういうわけか。俺はまだこいつが好きなのかな。それとも、感情が現実に追い付いていないだけ？　根元まで燃え尽きたタバコを捨てようとしたら、灰皿はさっき自分で叩き壊していた。あれは買い替えが利くけど、それができねえもんもあるんだよな。

＊

今になって思えば、最初からおかしな話ではあった。「木村のオッサン」なんて呼んでるけど、それが本名かどうかも正直怪しいわけでさ。

俺たちの関係なんてものは、何時間も口に放り込んでいた100円のガムの味より薄くて安いものだ。ただ同時に、木村のオッサンとはゼニが行ったり来たりの濃い時間を鉄火場で共有していた面も確かにあって、妙な連帯感があるのも事実。賭場での人間関係ってのは、このあたりが奥深かったりする。

そんな男が困惑して預けてきたのが美香だった。

まずは、美香と木村の正確な関係を把握するところからか。膿んだピアスの穴の痛みを我慢して摘まむような思いを隠し、美香に尋ねる。

「なあ、美香。初めて会った日のこと、覚えてるか？　俺には木村がお前のこと持て余しているように見えたんだけど。あの朝、お前のこと俺に押し付けるようにして逃げていっただろ？」

なるべく詰問口調にならないよう、ゆっくり言葉を吐いた。美香と目が合う。俺なりの理性が伝わったのか、美香は少しさばけた様子でこう返してきた。

「言葉にするのは難しいけど、共同経営者？　ここを一緒に切り盛りしていたつもり。さっきも言った通り、木村サンのアドバイスで途中から私は客をとらなくて済むようになって、歌舞伎町でフラフラしている女のコを探してくればバックをくれてた。ここで働くコを使って眠剤を転売するようになったのも、木村サンに教わったの」

木村サン、という響きが耳に残る。だが茶々を入れるにはまだ何も聞き出せていないし、全体像の解明にはほど遠い。

「じゃあよ。なんだって共同経営者サンに借用書なんか書かされるような場面に追い込まれたわけ？　それが一番よくわからねえんだよな」

不快な感情を横に置いて、美香に話の続きを促す。

「それも、もう話さなきゃいけないよね？　ねえ、お水ちょうだい」

気怠そうに伸びをした美香は援デリボーイからミネラルウォーターを受け取ると、ひと口だけ飲んで語り始めた。

「私もあとで知ったんだけど、ここの援デリってケツ持ちがいなくて。木村サン、どこにも話通さずにモグリみたいなかんじでやってたの。しばらくは順調でね、私にも月に3ケタは余裕で入ってた。けどある日、勘づいたヤクザが乗り込んできて、木村サンごと拉致られちゃって。それで書かされたのがあの紙なんだ。なんでそんなの私が書かなきゃいけないの？　って言ったよ。でも、とりあえずはお互い潜ってお金作らなきゃって。それがリーくんと出会った、あの朝」

「とりあえずは、か。じゃあ、何。お前は俺に1000万近くも押し付けた野郎と今でもよろしくやってるってわけか？　『お金大丈夫？』とか、どういうつもりで言ってたんだよ」

「それは……そうだね。お金なんて押し付けたくなかったよ。けど、もっと見られたくないものがあったから。どっちがバレても、私たちは終わっちゃうんだ」

「見られたくないもん？　なんだよ、それ」

「今さら関係ないでしょ」

話は比例グラフみてぇに加速して具合の悪い方向に転がり、部屋の空気もそれにつれて重くなる。

その刹那。頃合いを見計らったように、少しかすれた声で間を取り持ってくれた男がいた。

「金を彼氏に押し付けられるのは嫌。でも、それを黙認しないと別の秘密をばらされる。そういうわけだろ、お姉ちゃん。辛かったな」

別に解説してもらわなくてもそんなことは当事者の俺が一番理解しているのだが、純ちゃんなりの優しさでもあるのだろう。俺と美香の交互に目を合わせながら、必死の気遣いをするこの男のおかげで、気分が落ち着いてきた。

もう、駆け引きはいらねえんだ。こういう時は、シンプルに思ったことを言えばいい。

「馬鹿だなあ、お前。そんなのゼニどうにかして、なんだ、その。お前が見られたくないってものも取り返せばいいだけだろ？　あれもこれも助けてくれって俺に言えばよかったじゃねえか。そんなに頼りなかったか、俺は」

考えたくもないことだが、美香が言う「見られたくないもの」の見当くらい、中卒の俺でもついている。この援デリで客を取っていた時代の何かだろう。スケべな写真か、最悪の場合でハメ撮り。枚数や本数は考えたくもねえがな。

だが、たとえそういうものがあったとして、これを見せられたくなければ俺に木村のゼニを押し付ける絵図を黙って見ていろと、単純にそれだけの話なのか？

「木村のオッサン、野球の負けが込んでどうこうって……あれはなんだったんだ？　適当に与太こいただけ？　それとも、金になりゃあなんだってよかったのかよ」

「リーくん……」

美香は目を伏せた。構わず俺は続ける。

「別に俺はお前にハメられたなんて思ってない。汚れた女だ？　だからどうしたって話だよ。俺はいいとこのお嬢さんと暮らしてた覚えはないぜ」

「そうだよ、リーくんは今日裏スロ行ってから草を大量に捌いてさ、そんなロクデナシ野郎なんだよ。お姉ちゃんにちょうどお似合いじゃないの！」

「おい、お前。その言い方なんだよ」

純ちゃんの襟を掴んで小競り合いをしている最中、美香のほうを見るとクスクスと笑っている。

「もう、本当にバカ。リーくん、こんな面白い友達いたんだね。私には全然会わせてくれなかったから、なんか新鮮」

友達？　ツレの数は多いほうだと思っていたけど、今みたいなやさぐれた暮らしの中では、確かに連絡を取るやつは少なくなっていたかもしれないな。


この緊迫した空気を和ませるその〝お友達〟ってやつが、実はまだ知り合って間もないと聞いたら美香はどんな反応をするだろうか。

そんなことを考えていると、怯えた顔をしていた援デリの女とスタッフたちがどこか緩んだ空気を出していた。この場の時計の針を巻き戻すために、もう一度カマすことにしたんだ。

喉が渇いていたから、冷蔵庫に水を取りに行く途中、援デリボーイの側頭部に唐突に蹴りを入れた。もちろん軽くだぜ。

だが、意味のない理不尽な暴力ってやつが、少しは場の緊張感を引き上げたのは事実だ。当然、冷蔵庫からの帰り道では後頭部を無駄に小突くことも忘れない。まあ演出ってやつだな。

椅子に座ってペットボトルのキャップを開くと、俺はまた美香との会話を試みる。

「で、悪女の美香さんは話の続きをしゃべってくれるんだよな？」

少しふざけながら、しかし美香の目を見据えながら、俺はそう言った。目じりがやけに切れたいつもの美香だ。ガワだけはなんにも変わりゃしねえのによ。なんでかな。ほんの少しだけど、知らない女と話している感覚があった。そんな気がしたんだ。

*

時計の短針は午前3時前後を指していた。普段なら嗜む程度にジョイントをふかし、ハイボールを何缶か空けて、美香とリビングのソファでまどろんでいる頃合いだ。

「ねえリーくん。寝る前にポテトチップス食べるのやめなよ。うすしおだから大丈夫とか、ないよ？」

ほんの数日前に交わした他愛のない会話が、ふいに頭に浮かぶ。

だが、今、目の前にいるこの女はまるで様子が違う。こんなにも醒めた表情で俺に接する美香を見たのは初めてだ。

だからなんだってんだよ。他でもない自分に言い聞かせるよう胸の中で呟いた俺は、美香との対話を続けることにした。

「木村のオッサンに弱みを握られちまったのはわかったよ。それがなんだってのもまあ、いい。今からでも全部きれいに拭ける可能性だってあるだろ？　それともなんだ？　木村の側にでも立つのかよ。それだけ決めてくれ」

目を逸らさず言った。嬉しいとも悲しいとも見分けがつかないような表情を浮かべた美香が言う。

「さすがのリーくんだって、そんなこと本当にできるのかな？　できないことだってあるでしょ」

「できるに決まってるだろうが！」

ここで、なぜか声を荒らげたのは純ちゃんだった。口をすぼめるようにして早口でまくしたてる。

「あのなあ、姉ちゃん。俺はキョーダイと今晩ずっと一緒に動いてるけど、愚痴ひとつこぼさず淡々と金策に走っててんだぞ。しかも、結構な額がもう手に乗ってんだ。センマンくらいのゼニがなんだってんだよ、どうにでもならあ」

まさかの兄弟呼ばわりに面を食らった俺は純ちゃんの口を指で弾き、黙るようにジェスチャーした。

本当にどんな場面でも口を挟んでくるんだな、こいつは。神経の太さに呆れながらも、俺は頭をフル回転させる。今から美香に何を聞いて何を聞かないべきか、思案するためだ。

何か隠したいことがあるのはわかった。だが、どうにも腑に落ちないことがまだある。

そもそも、木村のオッサンが野球賭博で大金を溶かしたケツが回り回って俺に来ている。そんな話だったはずだ。

回収に動いたのは、歌舞伎町を根城にする唐仁組。麻雀のカモだと思っていた斎藤サンは舎弟筋だがそこのお偉いさんで、配下のミヤハラがヤクザ数人を連れて俺の家を取り囲んだってのが絵図だった。

それがどうだよ。援デリの事務所の机に並べられた携帯は、深夜帯にもかかわらずコンスタントにピロピロと音が鳴っている。それなりの売り上げはあるはずだ。木村が野球で負けた分の追っ付けが茶番でもどうでも、わざわざ俺をハメるくらい金に困窮していたというのは不自然に思える。

だいたい唐仁組だって資金は潤沢なはずで、親分の連絡先まで知っている俺をカタにハメようってのも意味がわからない。俺が絶対にサツに走らない人間だと確信があるのならまだしも、こんなもん恐喝だなんだでタレを出したら引っ張られかねない話だし、そこまでのリスクをわかって1000万にも満たない金をいちいち取りに来るものなのか？

「なあ、美香。乗り込んできたヤクザって唐仁組だろ？　ここのショーバイはカスリが必要な類のもんだってのはわかるけど、その庭場荒らしでいったいどんなケツが来たんだ？」

率直に浮かんだ疑問を投げてみた。少し考えるような素振りをした美香だったが、訥々と話を始めたんだ。

「ここの事務所に怖い人が押し掛けてきて、たまたま私も居合わせちゃって。木村サンと一緒に新宿にある事務所まで連れてかれたんだ。罰金として請求されたのは2000万だった。あの紙を書かされたのは、リーくんと初めて会ったあの朝。ただ、それさえ返せばもう終わりって話だったから、リーくんと一緒に暮らし始めてからも、女のコをここに入れてた。でもね、それが全然減らなくて。ああ、私、こうやってずっと使われるんだって思ってたところにミヤハラさんが来たの。あの時、知らない顔してたけど、リーくんに全部バラされるんだって心臓バクバクしてた」

なるほどな。オッサンと若い女がふたりで仕切る援デリなんか、犯罪の証拠まで握った以上、サツに駆け込む心配は限りなくゼロ。さらにケツもいないとくれば、食い物にされるのが世の常ってやつだ。

店を乗っ取っちまえば売り上げがいくら上がって、そのうち返済がいくらだってのはブラックボックスにできる。この街ではネズミの死骸と同じくらいによく転がっている話だ。

「全然減らないって、上がりの管理はここの兄ちゃんらがわかるもんだろ?」

部屋を見回しながら俺はそう言ったが、援デリボーイたちは怯えた様子で顔を見合わせるだけだ。

「黙ってちゃわかんねえだろ? ケジメが来たのはまあわかる。でも、それが減らねえってのはどういうことだよ。ほら、今だって電話鳴ってんぜ? 繁盛してんじゃん」

沈黙を破ったのは美香だった。ガキの頃、少年課の取調室で言いたくねえことを言うか迷ったことがある。あんなかんじで、重くなった口を押し殺すように開いた。

「リーくん、もうやめない？　嘘をついてたのは私。集めてくれたお金だってもうミヤハラさんに渡す必要ないでしょ。私を守ろうとか、もういい加減やめればいいのに。全部知っちゃったのにどうして介入してくるのよ。放っておけばいいじゃん、私みたいな女」

この物言いにはカチンと来た。つい語気を荒らげて俺は応じる。

「てめえが煮え切らない態度してるからだろうが。私が全部悪かったです？　俺にはもう首を突っ込まないでほしい？　ここまで巻き込んでおいて、今さらそれはねえだろ。それに……」

俺はまだきっと、お前のことが好きだから――そんな台詞をこの室内で言えるわけもなく、タールの味がする唾を飲んだ。

「そんなのわかってるよ。だけど、ここから先は私だけの話ではなくなっちゃうの。リーくんのことが心配ってのもあるよ？　でも、それだけじゃなくてさ。例えば今、ここにいる人たち。みんな怖い思いをする。だから言いたくないの」

面白くねえ。腹の底から苛立ちを覚えた俺はもう、出たとこ勝負に出ることにした。

「なるほどなあ。じゃあ、お前に聞くのはやめるわ」

そういったそばから俺はゆっくりと冷蔵庫のほうへ歩くと、割れた灰皿の破片を拾う。Ｖシネマにでもあるような典型的な茶番だが、俺はそいつを援デリボーイの喉元に突き付け、顔を至近距離に近づけて唸り飛ばした。

「コラ、ガキ。ここのゼニ勘定してる唐仁のケツモチの名前、10秒以内に吐けよ」

当然殺す気なんかないよ。ただの場面だ。それでもこの手のカマシは時間が経てば経つほどに本当はやる気がないってことがめくれてくる。だから俺はあえて最初の１秒の時点でガラスを数ミリ突き刺した。

出血した血を指ですくって、そいつに舐めさせる。

「おいしいか？　どうよ。しゃべる気になった？」

「ケツは……武村さんです」

＊

割れた灰皿の破片を突き付けられた援デリボーイの目は、恐怖で引きつっていた。なんとかしてこの場を凌ぎたいって気持ちがまるで隠せていない。その淡い期待を掻き消すために、援デリボーイの鳩尾に1発、拳を入れた。

「無理すんなって。知ってること、早くしゃべろうぜ。イライラするから時間かけさせんな」

寡黙なのはこいつだけじゃない。武村の話になると、どいつもこいつも陰鬱とした表情になる。口を開いたかと思えば、本当に話していいのかと迷ってまたダンマリだ。

部屋の空気が一変した。美香も相変わらずバツが悪そうな顔をしているし、こづいてないほうの援デリボーイ君なんて頭を抱えちまっている。

武村――この名前が出てきて一番効いちまったのが純ちゃん。何でも横槍を入れてくるくせに、タバコに火を点けたまま難しい表情をしている。鳩が豆鉄砲を食らったってかんじでもない。嫌な予感が的中して呆然としている、と表現するのが近い様子だ。

「それで？　続きは？」

「続きもなにも、僕は本当にそれ以上のこと知りません。あの人がここの面倒見ることになってからも、たいして話はしませんでしたし……今日の売り上げは何本だとか、それくらいの話しか普段はしないので……」

「それだけ？　じゃあなんでブルってんだよ。そんなに怖いのか？」

援デリボーイは観念したかのようにコクリとうなずいた。

こんなところで働くくらいだから、こいつだってまっさらな生き方をしてきたわけでもないだろうが、武村に対しては完全に戦意喪失。今こうして圧をかけてる俺より、ここにいない武村の影に怯えていやがる。


カラクリは単純な話だよ。今日までの間、素人びびらすには十分な演出を、武村はふんだんにちりばめていたってわけ。

「ツレの舎弟を白目剝くまでぶっちめるとか、女にも手をあげるとか、どうせそんなんだろ。いつもそうだからな」

根元まで灰になったタバコを律儀に携帯灰皿にしまうと、純ちゃんが口を開いた。

ここらの暴走族の総長として名前を売った兄貴が懲役行って帰ってきたら、今じゃ鼻つまみ者のヤクザもん。多くは語らないが、この兄貴のせいでいらねえ苦労を純ちゃんはずいぶんしたんだろう。

遠慮は必要ないな。そう感じた俺は、気にかかったことを純ちゃんにぶつけてみることにした。

「あのさ。お前の兄ちゃん、唐仁組にいるとは聞いてたけど、親は斎藤サンなのか？　だってそこの若い者のミヤハラがうちに乗り込んできたんだから、同じレツってことになるだろ？」

「盃もらったのは唐仁組の唐沢の組長だったはずだから、斎藤サンって名前は聞き覚えないな。ただ兄貴はあっちこっちのシノギに首突っ込んでるはず。援デリだって面倒見ているの、ここだけじゃないと思うぜ」

実の兄弟とはいえ、この数年間、ろくすっぽ連絡を取ってないって話はさっきもしていた。純ちゃんは一拍置いて、こうも言った。

「なあ、リーくん。兄貴が噛んでるなら俺が話したっていい。そしたら組事にならないかもしれないだろ？　俺の兄弟分だからやめてくれって、そう言うよ」

思いがけない申し出だった。俺は即答せずに、だが、話を前に進めるために、美香へ水を向けた。

「ダンマリはもういいだろ。首を突っ込むなってさっき俺に言ってたけど、そんな危なっかしい野郎の箱をここまで荒らしたわけじゃん。もう腰までどっぷりなんだから。俺が俺に降りかかる火の粉を払うために話を聞くことの何が悪いんだ？」

「だから、そうじゃないんだって。さっきも言ったけど、他の人にも迷惑がかかるから」

「なんだ、木村か？　まだ野郎の肩持つのかよ」

「それは……」

「動画を、撮られているんです」

口ごもる美香の代わりに説明をしたのは、援デリボーイだった。

ここの店舗では、最初につくお客は必ず武村の下の人間が入ることになっている。その時、行為の一部始終を撮影されるのだという。その動画を盾にやりたい放題してるのが唐仁組の、いや、武村のやり口らしい。

「それだけかよ？　女も女だろ。動画って、だいたいそんなことを言ってたら……」

そこまで出かかったが、俺は唾を飲み込んだ。美香の目がまた泳ぎ出したからだ。でも、ここまで来たら、もう聞くしかないよな。

「もう言っちまえよ。お前も、それを撮られている。そういうことだろ？」

「私はそういうの、ないよ？　でも私が連れてきちゃったコとか、みんな撮られてたってあとから聞かされて……」

「ないのか。じゃあ、さっき言ってた『弱みを握られてる』みたいな話はなんなんだよ？」

「それは。言いたくないって言ってるじゃん！　騙してたことだったら謝るから、もう首突っ込むのやめなよ。バックレちゃえばいいじゃん」

「バックレる？　んなことして俺にどこ行けって言うんだ？　すぐそこの病院で生まれて、すぐそこの団地で育ってよ。たまに白い目で見られようが、それでもここにへばりついて凌いできてるのに、今さら後ろ向いて『怖いから逃げます』って。そんな生き方、したくねえんだよ」

それに、だ。こいつらは唐仁組の武村という男を過剰に怖がっているだけではないか。

木村も押しの弱いオッサンだし、あとは女にガキだろ。気を張って臨めば意外と話し合いで終わるなんてこともあるかもしれない。純ちゃんも言う。

「木村がまだここに出入りしているのを掴んだ以上、兄貴も『女の借用書や木村の博打の借りをリーくんに押っ付けるなんておかしいだろ』って言われたら、普通は何も言えないよな？」

「だろ？　ハメたはいいけどめくられちまったんじゃ、不細工な話でしかないわけじゃん。向こうも分が悪いはずだしな」

相棒の発言に、やっぱりやれるんじゃないかって、そんな期待を抱いた束の間。

純ちゃんは咳払いをして、続けた。

「まあ……それは普通のやつの場合だけどな。あいつ、人にカラスは黒いとか当たり前のこと言われても、証拠出せとか、わけわからない難癖つけるタイプだから」

要するに、純ちゃんの兄貴は一筋縄ではいかない、めんどくさいやつだってことだ。ただ、それでもなお俺は思う。

別にああだのこうだのってゴネられたところで、俺にはまだポケットに２００万少々ある。女が不始末した詫びだと言ってこれ渡して紙と身柄さえ返してもらえれば、それはそれでいい。ここまで材料が揃ってりゃ、俺たちがサツに走る選択肢まで疑い出したら無理も言えないはずだ。

そういえば、２個上の先輩が言ってた。〝本当の愛は歌舞伎町じゃ見つからねえ〟だっけな。でも俺には初めて買った金ネックレスみたいに輝いて見えちまうんだ。目の前のこの女がよ。

あくまで俺が見てきた限りの話になるが、見境なく暴力を振るうヤクザってのは、世間で思われているより案外少ない。

1発小突いたが最後、警察に駆け込まれて20日間拘留の示談金が最低でも50万円。そんなことを繰り返してれば、どんな〝武闘派〟だってさすがに割が合わないと慎重になるし、娑婆を留守にすれば稼業での評判やシノギにも影響が出る。

いかに残虐なことを平気でやりそうな雰囲気を出すか。あるいは手を出してもサツに走らせないのを相手にするか。そんな値踏みを瞬時にしながら立ち回るのが、不良にとっては備えるべき基本的なスキルなのかもしれない。

もちろん例外はある。とんでもないのにぶつかることがあるのも、事実と言えば事実。とはいえ、そんな事態は怖がるほど起きないというのが、この街で生まれ育った俺が持つ肌感覚ってやつだ。

*

果たして、武村はこの想定の枠内に収まってくれるだろうか。推し量る材料ほしさに、俺は援デリボーイに聞いてみる。

「武村サンってのが怖いのはわかったけど、どんな人なわけよ？　ナリ、格好とか性格とか。なんかあるだろ？」

「体形とかは普通です。どちらかというと細いくらいで、僕が会った時はだいたいジャージですね。ただ、なんて言うんだろう……あの目が……美香さんならわかりますよね？」

「私に聞かれてもなあ……。あるじゃん、独特なあれ。殺気じゃないけど。キレちゃいそうだから、なるべく触れたくないみたいな」

場面ではどう振る舞うのか。実弟である純ちゃんに聞くと、見解はこうだ。

「弱いものにはトコトン強いよ。ヒステリーだし、揚げ足とるのもうまい。いったん怒り出すと、なんて言うかな。怒ってる自分にまた怒り出して、最終的に何にキレているのかわからないくらいキレるんだよ。手も早いし、ヤキ入れる時は周りにある尖ったもんやら、重いもん、なんでも使ってくるから。ちなみにコレ、あいつにやられた時の傷」

そう言ってシャツをめくった純ちゃんの腹には、大きな裂傷があった。身内の腹を刺すとはなかなかのもんだな。

でもだぜ。賽の目は悪い方向にどんどん転がってるような雰囲気だが、こうなった以上はその出目を見届けるしかない。それにこっちの持っている筋のほうがだいぶ堅いことには違いないし、どんなに無茶苦茶な野郎だとしても、そう簡単には覆せないんじゃないか。

だってそうだろ。飛んだとされていた木村のオッサンはここにいて連絡も取れているわけで、箱は元気に営業中。借用書もわけのわからない連帯責任のケジメだったという証人も目の前にいる。こっちがある程度、下手に出たうえで、

「行き違いがあったみたいだけど、お兄さんとああだのこうだの言い合いするつもりもないから、この女連れて帰りますよ」

って言えばいい。なんなら、

「これは店荒らした詫び代です」

と帯のふたつでも置いていけば、チャンチャンなんじゃないの。

純ちゃんや美香に聞こえないよう呼吸を整えた俺は、援デリボーイに言った。

「もう、呼ぼう。よう、武村サンの携帯鳴らしてみろよ」

「リーくん、本当にかけるのか？　今日は仕切り直してもいいんじゃないの？」

「そうだよ、リーくん。時間も時間だし、明日にしようよ」

俺の決断に苦渋の表情を浮かべる純ちゃんと美香だったが、構わずに援デリボーイに架電を促した。

「夜中だけど、武村サンはこれくらいの時間帯でも電話出るか？」

そう聞くと、援デリボーイはコクリと頷いて言う。

「……いつ電話してもすぐ出る印象です。では、かけます」

援デリボーイはふたつ折りの携帯をたどたどしく操作すると、武村の番号を見つけたらしく、ボタンを押した。電話越しにコール音が聞こえる。

「はい、武村」

しわがれた声だった。ここで携帯を援デリボーイの手から取り上げた俺は、武村と話を始めるべく、電話を代わったのだが——予想は悪いほうに外れた。

「もしもし、木村さんに用事がある……」

「誰だてめえこの野郎、何回も鳴らしてきやがって。どこの誰だこの野郎！」

そうきたか。一度しか鳴らしていないのに、何回も電話してきた。このアヤつけはなかなかレベルが高い。たしかにめんどくさそうなタイプだ。

「だいたいこの電話、てめえのもんじゃねえよな？　俺の箱の番頭のもんだろうが。泥棒か？　てめえこの野郎。俺のとこのもんの電話取り上げて今、手に握ってんだよな？　誰のもんに手つけてんのか、わかってやってんだよな？」

純ちゃんの言う通りだ。まるで話にならない。ペースを強引に握ろうとしてくるというか、こっちのしたい話をする前に無限にまくしたててくる。

「なあ。こっちだって聞きたいことあって電話してるんだから、ちょっとは話を聞いてくれない……」

口を挟もうとしたが、

「話を聞くのはテメエだろうが。今は俺が話してんだから、テメエは正座しておとなしく聞いとけ」

さんざん喚き散らしたあと、少し間が空くと、思い出したかのように武村が落ち着いた声で口を開いた。

「それで、お前、誰？」

ようやく要件を伝えられる。

俺はこれまでの状況をなるべく手短に、ただし大切な部分は端折らずに話すことにした。

木村のオッサンが美香に押し付けた借金のケツを俺が拭かされそうになったが、

取り立てにきた唐仁組のミヤハラの言いがかりが無理筋なこと。そもそも斎藤サンとは麻雀仲間だったはずで、野球の客は紹介したものの、そいつらが飛ぼうが俺は責任を問われる立場にいないこと。それとバーターで美香の借用書を持ってこられたが、店を見たかんじ、シノギも順調そうで、木村も飛んでいない。そうである以上、もうモグリの件の弁済は終わっているのではないか。それなら、金を支払う意味がわからない――と、文字にすれば当たり前すぎる道理を、受話器の向こうにいる武村に向かって説いた。

「なんだあ？　テメエ。ずいぶん達者な口じゃねえかよ。10分待ってろ。俺の目見て同じ能書きこけるなら聞いてやってもいいぜ」

言い捨てるような形で武村は電話を切った。静寂の中で、受話器の奥からツー、ツーという音が聞こえてくる。

ふと純ちゃんに目をやると、苦笑いだ。

「前にもあったんだよな。こっちが１００ゼロで悪くない時ほど、あいつ無茶苦茶やってくるんだ」

そうだとしても、この出たとこ勝負はやりきるしかない。不安そうな美香に俺は「大丈夫だ」と目配せをしたあと、念のため、砕け散った灰皿をゴミ箱に捨てた。

＊

この無限にも感じる待ち時間、何かに似てるんだよな。そう、地検であの細長い椅子に座らされている時の、あの気分だ。

これから何言われるんだろうなっていう、あの陰鬱な気持ち。こっちは完黙ってわけにもいかねえしな。まあ、警察や検察で顎を回して物事がいいほうに転ぶというのは、まずないことだが。

「ねえ、テレビつけていい？」

重い空気に耐えられなくなったのか、気を回したのか。美香は場を和ませるように言い、リモコンで電源を入れた。画面の向こうでは５００円でもほしくないような謎の洗剤を大勢で褒めちぎっている。

真夜中のテレビショッピング。いったいどんなやつが買うんだろう。ネタでも食ってぶっ飛んでないと、今すぐ電話しなきゃなんてモードにはならないだろう？

「兄貴かあ……会いたくねえなあ」

テレビショッピングで気を紛らわせていたのも束の間。純ちゃんが俺を現実へと引き戻す。

「なんだよ。いつもの調子じゃねえじゃん」

混ぜっ返してみたものの、さっきの電話の様子だとマジに話の通じない野郎の可能性がかなり高いわけで、当たり前だがオヤツを持って遠足に行くような気分にはならない。

「あの……純くん、弟さんなんでしょ？　さっきなんで電話で話さなかったの？　うちらよりスムーズに話せそうなのに」

ぬるくなったであろうペットボトルの水を口に含みながら、美香は純ちゃんに聞いた。男同士だと目つきや仕草で、「あまり話したくないことなんだな」とわかるものだが、美香にそこらの機微がわからないのも仕方ないか。

俺が深く聞かなかったのは、男の尊厳とでもいうか、簡単に言えばプライドに関わる部分が大きいと判断したからだ。

さんざんへこまされた相手の話ってのは、口から出すだけでも苦しいものだ。自分への無力感。ダサかった自分への恥ずかしさ。そういうドロッとしたものが大量に込み上げてくるからな。

「なんでって……タイミングがなかっただけだよ。それに、俺が電話代わると兄貴は勘繰って来なかったりとかも、あるかもしれないだろ？　俺にビビったりとかさ。へへっ」

　虚勢なのか、調子を取り戻したのか。美香の質問に純ちゃんはそう答えた。

「へへっ、じゃねーよ。目が泳いでんぞ？　何度も言うけど、筋はこっちにあるんだから、とりあえず俺に任せておけって」

　テレビショッピングに目をやると、もう終盤なのか、セールスのラストスパートに入っていた。なんと通常１９８０円の洗剤が今すぐ電話をすれば、３本おまけでついてくるらしい。４本で１９８０円で送料も無料だし、１本当たり５００円を切ってきやがったか。

　よくよく考えたら洗剤なんてそんなものなのに、テレビの向こうでは「わあ、すごい」と絶賛の嵐。くだらねえことやってるなあ、と思っていた矢先、大きな音を立ててドアが開いた。

　カチコんでくる時に本当にドアを蹴って開くやつを、Ｖシネマ以外で初めて見た。武村だった。

　エンポリオ・アルマーニの黒いＴシャツにピタッとした白いスラックス。お付きのスーツが脇に抱えているダウンが武村の上着だろう。この真冬に入れ墨を見せたくて半袖で来たわけではないだろうが、ブラック&グレーのきれいなタトゥーが両の腕にびっしりと入り、結びに数珠が彫られている。

「こんな時間に呼びつけやがって。どんなケジメとってやろうか。ああ、頭にくる。体の一部でも欠損させないと気が済まねえ！」

賃貸マンションでの場面で、おかまいなしにマックスの声量で怒鳴ってくるタイプか。確かに骨が折れそうだ。

「そんな怒鳴らなくたっていいでしょ。それに呼びつけたわけじゃないし、俺は話がしたかっただけ」

「話だあ？　ガキがこの俺を呼びつけて、五分(ごぶ)で話できるとでも思ってんのか？この野郎」

そう言い放った武村は、ぐるりと部屋を見回すと、ソファから静かに入り口に視線を送っていた純ちゃんに気がついた。

「なんだあ？　懐かしいツラがいるなあ。もしかして、泣き虫坊やのマザコン純くんじゃないの。そこにいるのはよう」

すっと立ち上がる純ちゃんだが、膝が笑っているか？　返しの一声でどもっちまったのがその証左だ。

「お、お、俺がてめぇの前でいつ泣いたんだよ？」

正直、これでも頑張ったほうだろう。純ちゃんはガキの頃から相当やり込められてきている。見てればわかるんだ、トラウマ級にビビっちまってるのがさ。

「俺のこと、てめぇっつったか？　お友達の前で強がっちゃったか？　それにどうしたんだよ、日焼けしちゃって。そんなんじゃ、俺が作ってやった根性焼きのオリオン座、目立たないぞ？」

「いつの話してんだよ？　てめぇのほうこそ、いい歳して中坊の弟にヤキ入れてた話をよく人前でできるよな」

「ヤキ？　それは俺が一家の大黒柱としてお前にしてやってた教育のことだろうよ。それよりババア元気にしてんのかよ？　まだ男、家に連れ込んでるのか？　あの尻軽ババアよう」

「黙れ、コラ！　てめぇの口からオフクロの話してんじゃねぇ！」

そう言うなり、純ちゃんが武村の胸倉を掴んだのも束の間。武村にチョーパンをくらい、突き飛ばされ、ダイニングテーブルの横にのされてしまった。

武村がポケットから取り出したタバコを咥えると、すぐさまお付きが火を点ける。気持ちよさそうに紫煙を吐き出しながら、武村は純ちゃんに言い放った。

「お前、昔からあのババアの話するとキレるよな。正気か？　1発やらせて保険の契約とるような売女だぞ？」

「うるせえよ。そのゼニで飯食ってたのは、俺もお前も同じだろうが」

頭を抱えながら立ち上がる純ちゃん。家庭環境が人んちよりも複雑にこんがらがっちまっていたのか。それにしても、こうまで性格の違う兄弟も珍しい。横から聞いているだけでも、幼少期からいろいろあったであろうことは容易に察しがつく。

「まあ泣き虫の芋の話はもういいや。それで？　この俺に用事があるって馬鹿ガキの後ろに美香が引っ込んでるのは、いったいどういうわけなんだよ」

ビクッと体を反応させる美香。

「えっとぉ……元カレが来ちゃって……その……」

咄嗟のセリフにしろ、いきなりフラれちまったかのようで妙な気分だぜ。

だがまあ、どいつもこいつもブルっちまうのは想定内。乗り込んできた人数が少ないだけマシだ。

蓋の中身なんて開けてみないとわからないもんだけど、まだこいつの奥は見えてこない。散らかった空気の中、絡まった配線を解きほぐすかのように、俺は第一声の正解を頭の中で考えていた。

*

乗り込んでくるなり、たった数分で場の空気を凍らせた武村だった。

ただ、俺もガキの使いではない。いかにも筋悪のヤクザでございって演出が鼻につくし、美香の媚びへつらうような態度にもげんなりだ。腹を決めた俺は、話を切り出すことにした。

「簡単な話だよ。まず、俺は元カレなんかじゃねえ。こいつは俺の女で、アンタらに食いものにされてることがわかったから、少しお話しさせてくれませんかって。それだけの話だよ、お兄さん」

するとどうだ。武村はヒューーッと口笛を吹き、トイレに向かって歩き出した。

「先に出すもん、出させてくれよ。じゃねえと話もできないだろ?」

ジョボジョボジョボッ。下品な音を立てながら武村が用を足す。突然、怒鳴り始めた。

「今日のおトイレ掃除チェックシートォ、竹中くんってなってるけど。ちょっとこっち来い」

「は、はい」

ビクンと体を反応させた援デリボーイ。竹中って名前だったのか。気が進まなそうに武村の前に立つと、途端に怒号を浴びせられた。

「小便する時は？　必ず座ってする！　だろ。なのに、便座に黄色いシミついてたんだわ」

「え。でも。今日はこの人たちが来ていたので……」

「だからなんだよ。本日のトイレチェック係は竹中くんだろ？　あれ？　お前、竹中だよな。違うか？」

一方的に圧をかけていく武村。受け答えを強いられる竹中の額に、脂汗がじっとりと滲む。

「すみません。次からちゃんとやりますので、勘弁してください」

その台詞を待ってましたと言わんばかりに、武村が言い放つ。

「すみませんで済んだらよお。警視庁もヤクザもいらねえんだわ。ほら。手、出せ」

「え？」

「え、じゃねーんだよ。手を出せって。早く！」

おずおずと左手を差し出した瞬間、武村は小指と薬指を同時に掴み、躊躇なく折った。ほんの一瞬の出来事だ。うめき声が響く中、誰に言うでもなく演説を始める。

「いいか？　トイレってのはよう、神様がいるんだ。ルール違反は減点2。そういうことだからよ」

灰皿は1本ごとに替える。電話は3コール以内にとる。そんなよくわからない〝武村ルール〟のようなものを、気持ちよさそうに語り始めた。違反すると点数に応じてこいつなりの制裁を下されるってことだろう。ひとしきり説明し終えたあと、武村は俺に目線を送ると、続けざまにこう聞いてきた。

「まあ、こんなかんじでよう。俺もこの箱、ケツ持ってる人間として営業努力と衛生管理を徹底してんだわ。それをお前、こんなに散らかしてくれちまって。なあ、お前の減点いくつだと思う？」

減点？　運転手と女のハメ呼びに店への乗り込み、備品を少しばかり壊して深夜にケツモチを呼びつけた。小便のシミで2点だっていうなら……そうだな、低く見積もっても40点くらいはありそうだ。

武村のやりたいことはわかるよ。話が本題に入る前にこうやってカマシを入れて、ケツを相殺してくるつもりのはずだ。俺がこれからしたい話には明らかに筋が通っている。けど、「お前もこれだけやってくれたな。それはどうするんだ」と。そういう図式だろう。

こんな茶番に、いつまでも付き合ってはいられない。

「あんたに何点減点されたって構わないけど、俺はそんな話をしに来たんじゃないんだよ。どうせ木村のオッサンと組んで俺のことハメようとでもしてるんだろ？」

単刀直入に言った。それはやつが触れてほしくない事実だからだ。対して武村は自分のスタイルをまったく曲げず茶番を続けてきた。

「おいおい、大丈夫かお前。口答えにタメ口。また減点追加だな。お前の体だけで点数を清算できるのか、不安になってきたよ、俺は」

「そうやって話を本筋からズラしていくのが、アンタのやり方なんだな。なあ、純ちゃん。昔からこんなかんじなのか？」

話の流れを変えたかった俺は、少しだけ悪いと思いながらも純ちゃんに振った。

「話を聞いてくれる兄貴だったら、こっちだって苦労してねえよ」

ため息まじりに純ちゃんが言う。だが、言葉を続けようとする純ちゃんを遮るように武村は強弁する。

「純はいつからお兄ちゃんにそんなクチ聞けるようになったんだ？　お前のほうこそ、そんなイカれた兄貴の名前を使って粋がってるらしいじゃねえか。話、入ってくるぜ？　たまに。弟さんがどこそこでアレしてましたよって」

薄い顎ひげを触りながら、武村は純ちゃんに語りかける。

「純もそろそろ俺のところにミカジメでも持ってくるかよ？　お前が何と言おうと、お前は俺の名前に守られている。だったら守り代くらいとらねえとな。そうだな、兄弟割引で……」

純ちゃんがキレた。吠えるように発した言葉は、今日一番の力強さを備えていたんだ。

「おめえの名前なんか人に言ったことねえ。いや、言えたもんじゃねえだろ？　お前が懲役行ってる間、とっちらかした借金やらネタのツケの取り立てで、俺とオフクロがどれだけ迷惑したと思ってんだ。ふざけんな！」

束の間、体をグラッと動かしたかと思うと、武村の腕が純ちゃんの喉元を掴んだ。

「ずいぶん行儀の悪い口だな。おい、道具出せ」

武村が舎弟を呼びつける。舎弟はスッと身を寄せ、懐から何かを取り出そうとするモーションに入る。鉄でも出てきたらどうしようと慌てたが、舎弟が胸元から出したのはレザーのスラッパーだった。そいつを武村が手に取る前に、俺はふたりの身体の間に割って入った。

「俺は兄弟喧嘩を見に来たわけじゃねえんだ。美香と木村があんたらのシマでよろしくねえ箱をやってた。銭カネの話になってここを乗っ取った。まあそこまではいいよ。そっちにはそういうルールがあるんだろうし。でも、聞いたら箱は順調そうで、木村が飛んだって話も嘘。それなら、美香の借用書も木村の野球の負けを俺が拭くって話も、さすがに筋が通っちゃいねえ。店、荒らしたのと生意気な口聞いたことについては頭下げるから、もうきれいさっぱり終わりでいいでしょうよ」

現実問題、難しいのが、年上のヤクザもんと場面になった時の言葉遣いだ。下から行くか強気でタメ口で通すか。タメ口を使うとヤクザ舐めてんのかって逆上するやつは当然いるんだけど、まだ名乗られたわけでも名刺を切られたわけでもない。だいたい店乗り込んでおいて今さらペコついたところで、何の意味もない。まずは言いたいことを言う。相手がどんなに話のわからなそうなやつでも、物事には道理ってもんがあるはずじゃねえか。

心拍数が上がってきたのを感じた。会話の合間、このバクついた心臓の音が耳の奥から相手に漏れないといいが。

＊

俺の制止を振り払った武村は、純ちゃんの側頭部に躊躇なくスラッパーを打ち込んだ。ゴツン、と嫌な音が部屋に響く。

「何してんだよ。人が話をしようってのに、いきなりそれか？」

「ひとんちの話に部外者が首突っ込んでくるなよ。俺は行儀が悪い弟をしつけているだけだぜ」

「こいつは俺の用事についてきたんだ。話すのは俺だろ？」

武村の動きを止めるため右手首を制したが、チョーパンをくらった。咄嗟に顎を引いて額で受けたため、ダメージは非常に軽微。相手のほうが身長が高かったこともあり、ちょうどいいところで受けた。

「なんだあ。てめえ硬い頭してやがんな。なあ、オイ。こいつ、邪魔だから砂にしておけ」

武村の命を受けた舎弟がスッと腰を落とし、構えをとる。おいおい、こいつ何かかじってるやつだよ。見様見真似のポーズだといいが、全体的に隙がない。いや、そう思わされているだけか。そもそも格闘技の経験もない俺に、隙なんかわかるわけもないか。

武村の舎弟は、両の拳を大みそかにテレビで見た格闘家みてえに構えて、にじり寄ってくる。オーソドックススタイルから繰り出されるジャブに、防戦一方な俺。横を見ると純ちゃんも振り回されるスラッパーをよけるのが精一杯という様相で、そいつをたまに腕で受けては散らかった室内に鈍い音が響く。

何か武器でもあればと後悔した。正直、準備不足だった感は否めない。台所に行けば果物ナイフの1本でもあるはずだけど、その通路はさっき指を折られて倒れている援デリボーイのナントカくんと、震え上がった女たちで封鎖されている始末。硬いもんでもどこかに落ちてねえかと考えたが、灰皿はさっき叩き割っちまった。ついつい握ったのがテレビのリモコンだってんだから、まったく情けない話だ。そいつを相手の顔面に投げつけたものの、当然効いていない。

参ったな。こういう場面は、だいたいなんとかなってきた人生だったのによ。

素手の喧嘩でやってきたってタイプでもないから、でかくて何かやってそうなやつに面と向かって来られると、ハッキリ言ってなかなかのピンチだ。ついには強烈な右をもらっちまって、転んだら馬乗りの状態だよ。何発も何発も、舎弟の拳は俺に向かって振り下ろされる。

こいつはだいぶマズい状況だな。飛びかけた意識の中で、そんな弱気なことを思っていた俺の眼に、あるものが飛び込んできた。転んだ拍子にポケットから飛び出した銀色の鍵。そう、あの部屋の鍵。

テーブルの横ですっかり固まっちまってる、あの美香と暮らす北新宿の部屋の鍵。それを咄嗟に利き手で握った俺は、ちょうど目の前にある野郎の耳の穴に思いっきりねじ込んでやった。

鮮血が走る。脳みそに近いからか知らねえが、めちゃくちゃに効いてやがる。だってよ。せっかく取ったマウントポジション捨てて、ゴロゴロのたうち回ってるんだぜ。

顔面を数回、いや数十回か。回数もわからないくらい踏みつけていたら、野郎は失神した。起き上がられてもたまらないから、仕上げに数回、髪の毛を掴んで頭を床でバウンドさせてやった。

それでもだ。たいして広くもない部屋なのに、真横で戦っていた純ちゃんの状況は把握できてなかった。すっかりやり込められて、床に膝ついちまってるよ。

「やめろよ。もうアンタの言うおしおきってやつも終わりでいいだろ。こっちもその兄さん黙らせたし、いい加減、ふたりで話そうぜ」

対話を試みるも、すっかりスイッチが入ってしまったせいか、武村は言葉も発さずに俺に飛び掛かってくる。突進してくる武村を交わすと、そのまま勢いよく床に転がった。

「チッ。なんだあ？　これ。なんでこんなもんが落ちてるんだよ」

武村は灰皿の破片を踏んだようだ。足の裏を切った武村の動きが止まった。

「痛ってえなあ。ええっと。今日の。室内掃除当番は……誰だ？　この武村サンにケガさせたんだから、こいつは減点でかいぞ」

そう言いながら、刺さったガラスの破片を無表情に抜く武村。明らかに無防備だ。

今、ぶっ飛ばすチャンスか？　そう思って重心を前に乗せた瞬間、意表を突く事件が起きた。ちょうど視界の外にいた援デリボーイの竹中くんが、武村の腰のあたりにしがみついている。

「っ」

武村の顔がゆがむ。その刹那、白いパンツがじんわり赤く染まり始める。

刺したんだ、こいつ。事態を察知するのに数秒はかかった。

大立ち回りをしていた室内が突如、静寂に包まれた。

「きょ、きょ、今日の、し、室内清掃担当。ぼ、僕なんですう〜。うわ〜ん」

「……お前、こんなことしてくれちまって……減点……」

そう言い残すと、武村も気を失ってしまった。


これはさすがにチャンスなんじゃないか。ほぼ全員が事態を飲み込めずにいる中でそう思った俺は、真っ青な顔をして床に座る美香にまず声をかけた。

「よし、バックレるぞ。ここは違法店で刺したのは従業員。こいつらがどんな話になろうと、俺らは何も関係ない」

現場が寒くなったら素早くその場を去るのも、生き残るための秘訣だ。こんな修羅場にダラダラ付き合ったところで、状況が好転するなんてことはまずないからな。

「何も関係ないって、私ここの運営側だよ？」

言われてみればその通りだが、俺の勘はそこらへんもあとから考えたほうがいいと言っている。

「とりあえずお前は来ぃ」

まるで力の入らない美香の手を掴んで引き寄せた。

「よう。立てるだろ？」

ＫＯ寸前だった純ちゃんにも声をかける。するとやつはムクッと起き上がってきてこう言ったんだ。

「ちょっと待って。リーくん、救急車、呼んじゃダメかな？　ごめん、こいつ一応兄貴なんだ」

「そんなもん、外出てから勝手にしろよ。お、そうだ、竹中くん。俺は、佐藤一郎ってもんだ。そしてこいつは、山田純一。わかったな？　ツラ覚えたからよ」

捨て台詞でしっかりと釘を刺した俺は援デリの事務所を飛び出し、エレベーターのボタンを押した。幸い、武村が立ち上がってくる気配はない。

「あんな偽名覚えさせたって、あの子たち、その通りに言わないよ？　それに私なんかバリバリやり取り残ってるもん」

不安そうな美香がポツリとこぼす。

「そんなのはいいんだよ。黙ってりゃ2日か20日間。あとで俺が教えてやっから」

外に出た純ちゃんは119番を鳴らす。

「なあ、美香。先にコイツと一緒に家、戻ってくれ。俺は状況見てから戻る」

消防署ってやつはたいしたもんで、ふたりをタクシーに乗せて送り出した数分後には静まり返った街を煩わしいサイレンの音が引き裂いた。


ややえやつが死んだか病院送りになって、知り合ったばかりのやつが昔からの親友みてえな動きをしてさ。こじれた女と、またどうにかなりそうな兆しが見えて。それに消防車の赤灯が美しく染める夜明け前の空だろ。

これが漫画やドラマだったら、ベタベタなターニングポイントになるんだろうけど、「現実は小説よりも、紙を食ったみてえに曲がってる」って。そんな言葉がなぜだか頭をよぎる。

正確に言うと、そんなかんじの予感はあった。だって、「明日からの予想」ってやつが、競艇で負けに負けた日の最終レースくらいに予想がつかねえ。

とにかくすぐにバックレなきゃって時なのに、なぜだか俯瞰でこの修羅場を見ている自分がいる。そいつの能書きに頭の中でカマシを入れて、俺は俺を黙らせた。

Z李
座右の銘は「給我一個機会，讓我再一次証明自己」。経歴不詳、
表と裏の境界線上にいるインフルエンサー。X（旧Twitter）の
フォロワー約81万人超。週刊SPA!にて同名小説を連載していた。

飛鳥クリニックは今日も雨 中

発行日　2023年10月30日　初版第1刷発行

著　者　Z李
発行者　小池英彦
発行所　株式会社 扶桑社
〒105-8070
東京都港区芝浦1-1-1　浜松町ビルディング
電話　03-6368-8875（編集）
03-6368-8891（郵便室）
www.fusosha.co.jp

装　丁　小口翔平＋畑中茜（tobufune）
カバーコラージュ　Q-TA
撮　影　グレート・ザ・歌舞伎町
DTP制作　株式会社Office SASAI
印刷・製本　図書印刷株式会社
編　集　浜田盛太郎

定価はカバーに表示してあります。
　ISBN 978-4-594-09620-5